8달러의
기적

8달러의 기적

초판 1쇄 인쇄 | 2016년 12월 9일
초판 1쇄 발행 | 2016년 12월 15일

지은이 | 김명곤
구 술 | 한도원
펴낸이 | 박영욱
펴낸곳 | (주)북오션

편 집 | 허현자 · 이소담
마케팅 | 최석진 · 임동건
표지 및 본문 디자인 | 서정희

주 소 | 서울시 마포구 서교동 468-2
이메일 | bookrose@naver.com
페이스북 | facebook.com/bookocean21
블로그 | blog.naver.com/bookocean
전 화 | 편집문의: 02-325-9172   영업문의: 02-322-6709
팩 스 | 02-3143-3964

출판신고번호 | 제313-2007-000197호

ISBN 978-89-6799-293-4 (03810)

이 도서의 국립중앙도서관 출판예정도서목록(CIP)은 서지정보유통지원시스템
홈페이지(http://seoji.nl.go.kr)와 국가자료공동목록시스템
(http://www.nl.go.kr/kolisnet)에서 이용하실 수 있습니다.
(CIP제어번호: CIP2016014771)

재미 과학자 한도원 박사의 일대기

8달러의
기적

한도원 구술 | 김명곤 글

북오션

한국 현대사의 질곡을 걸어온
재미 과학자의 인생유전

여기 한 소년이 있다. 광복절 2주년 기념일을 하루 앞둔 1947년 8월 14일 밤, 그는 사랑하는 가족을 떠나 미리 꾸려 둔 간단한 괴나리 봇짐을 등에 걸머졌다. 봇짐 속에는 며칠 먹을 쌀과 갈아입을 옷가지가 전부였다.

어머니는 가슴을 후벼내는 듯한 아픔을 참으면서 "담배 피우지 마라", "술도 마셔선 안 된다"며 마지막 당부를 했다. 소년이 남긴 마지막 말은 "내년 여름방학이면 돌아올 겁니다. 너무 걱정하지 마세요"였다. 그의 나이 16세때였고, 그는 부유한 집안 3남 3녀의 맏아들에다 장손이었다. 그렇게 평안북도 후창을 떠난 소년은 이후로 영영 부모 형제들을 만나지 못했다. 1990년 10월 어느 날 북한을 방문했을 때 아버지는 일찍 돌아가셨고, 평생 "틀림없이 우리 아들은 살아 있어!"라고 되뇌었다던 어머니는 6개월 전에 세상을 등진 뒤였다.

간신히 도착한 서울, 주머니는 빈털터리

죽을 고비를 몇 차례 넘기며 서울에 도착한 소년은 아버지의 친구 집과 길거리에서 만난 친구 집을 전전했고, 끼니는 굶기를 밥 먹듯 하며 그날그날을 견디고 있었다. 두 학기 등록금을 포함한 비상금은 남하하다 안내원과 북한 경비원의 계략에 속아서 털린 상태였다.

하지만 머리가 좋았던 소년은 겨우 보름을 공부하여 현지 학생들도 어렵다는 일류 고등학교에 입학했다. 부모님의 기대에 부응하는 것 같아 뛸 듯이 기뻤다. 그러나 그마저도 얼마 가지 못했다. 1950년 한국전쟁이 발발했던 것이다.

마산에서 피난생활을 하던 그는, 어느 날 싸움을 말리다가 사귀게 된 미군의 호의로 미군 부대에서 한국인 노무자들을 관리하는 일을 맡게 되었다. 얼마 되지 않아 부대 외곽을 전전하는 피난민들과 잡상인들의 접근을 막는 경비 감독관으로 임명되었고, 미군은 그에게 소위 계급장을 달아 주었다. 파격적이었다. 영어가 통한 덕분이었다.

얼마 후, 부산으로 이동한 틈을 타서 일을 그만둔 그는 마치지 못한 고등학교 수업을 듣고 졸업을 하게 되었다. 고등학교 은사의 친척 소개로 유엔 한국재건단(UNKRA)에서 일하게 된 그는 그곳에서 일하던 한 미군 엔지니어의 권유로 '미국유학'을 꿈꾸게 되었다. 수십 개의 미국 대학교에 편지와 입학 지원서를 보냈고, 결국 그는 한 대학으로부터 입학허가서와 함께 장학금을 주겠다는 편지를 받았다. 미주리 주의 사우스 웨스트 미주리 주립대학(현 미주리 주립대학)으로부터였다. 그뒤 유학 자격시험에 합격하고, 천신만고 끝에 2년 만에 비자를 손에 쥐고 여의도 비행장에서 미국행 비행기에 오르게 된다.

지금으로부터 60년 전인 1955년 4월 초순 사흘간의 긴 비행 끝에 처음으로 소년은 미국 땅에 발을 디뎠다. 전란을 뒤로하고 그가 밟은 미국은 별천지였다. 하지만 대학 해외학생처 디렉터이자 평생 은인인 애나 블레어 박사의 집에서 샌드위치와 포도 주스로 점심을 때운 당일부터 잔디 깎는 일을 시작해야 했다.

그의 손에 쥔 돈은 단돈 8달러가 전부였다. 비행기 표와 이런저런 부대 비용을 구걸하다시피 하여 마련한 터였다. 당시 그가 잔디 깎는 일을 하기 위해 급히 마련한 신발이 4달러였던 시절이었다.

소년의 '사고무친'에 '적수공권'의 미국 생활은 이렇게 시작되었다. "일생에 단 한 번 울었다"는 한도원은 이후로 기적에 기적을 맛보며 미국생활을 이어 갔다. 한국에서부터 이미 그는 기적을 체험해온 터였다.

최근 올랜도의 한 식당에서 만난 그는 "꼽아보니 84년 생애에 크게는 7번, 작게는 16번의 기적을 체험하며 살았다"면서 "우리 시대를

▲ 미주리 주립대학 동문 잡지 《미주리 스테이트(Missouri State)》 2013년 가을호 표지 기사에 실린 한도원 박사 이야기

▲ 인터뷰를 마친 후 출석하고 있는 올랜도 새길교회 예배실 건물 앞에서 포즈를 취한 한도원 박사와 그의 부인 김명연 씨.

살아온 누구인들 극한 고비가 없이 살아오지 않은 사람들이 없겠지마는, 내 경우는 어떤 '보이지 않는 손'의 도움으로 어려움을 통과해온 것 같다, 행운이다"고 술회했다.

그랬다. 그가 영문으로 짧게 요약한 일대기와 미주리 주립대학이 지난 2013년 '자랑스러운 동문'으로 소개한 자료에는 '기적'으로 밖에 설명할 수 없는 삶의 고비들이 고스란히 담겨 있다. 고비 마다 이어진 그의 삶에는 드라마에서나 연출될 만한 일대 반전에 반전으로 채워졌다.

'소명의식'으로 살아온 이민자의 삶

한도원 박사의 스토리 '8달러의 기적'은 악착같이 노력하여 성공한 한 이민자의 삶을 그린 그저 그런 이야기가 아니다. 그의 이야기에는 성실함을 넘어서 삶에 대한 진지함이 깊게 배어있다. 더하여, 제국 시대에 태어나 '본토 아비 집을 떠나' 분단의 땅에서, 그리고 먼 이국 땅에서 통과해온 삶의 무게가 그대로 담겨 있다.

'막 가는 시대'에 허투루 살거나, 시대적 고통과는 상관없이 유유

▲ 한도원 박사가 1990년에 경구피임약 노게스티메이트의 개발 공로로 받은 '존슨 메달'. 존슨 메달은 존슨앤드존슨 제약회사 100년 역사상 100여 명의 과학자들만이 받은 회사 최고의 메달이다.

자적 '자기만의 평화'를 누리는 것으로 만족하거나, 시류에 편승하여 영화를 꾀하는 자들의 삶을 벗어나 끊임없이 이웃을 의식하고 보다 나은 세상에 대한 공헌을 가슴에 품으며 살아온 것이 그의 삶의 족적이다. 그러기에 이런 삶은 '소명'이라는 단어를 붙여 설명할 수밖에 없다.

현재 미국 플로리다 올랜도에서 은퇴생활을 하는 한도원 박사는 일제의 단발마적 제국주의 야욕이 기승을 부리던 1931년 11월 20일 평북 후창군 후창면 후창동에서 한성범 조완옥의 장남으로 태어났다. 한국전이 막 끝난 1955년 4월 도미, 미주리 주립대학에서 유학생활을 시작하여 1960년 미시간 주립대학에서 농기계학 학사, 63년 같은 대학 교배학 석사, 1967년 미주리 대학에서 내분비학으로 박사 학위를 취득했다.

이후 1968년 미국의 세계적 제약회사인 존슨앤드존슨의 계열사인 오르소(Ortho)에서 준 과학자로 발을 디딘 후, 1970년 시니어 과학자, 1975년 연구팀 부장, 1987년 연구 디렉터에 이어 1993년 학자로서 최고 지위인 석좌 연구가 지위에 올랐다. 특히 한도원 박사는 1989년 12월 29일 동료 존 맥과이어 박사와 미국 최초로 제3세대 경구피임약 노게스티메이트(Norgestimate)를 개발하여 미국 식약청(FDA)으로부터 승인 받았다. 한 박사 팀이 만들어낸 노게스티메이트는 미국이 20년 이상 동안 공들여 개발하려고 힘써왔던 분야로, 경구피임약 개발의 선구자적 역할을 하며 내분비학계 후학들에 의해 많은 연구결과를 도출해 냈다. 한 박사는 1990년 이 공적으로 존슨앤드존슨이 수여하는 최고의 메달인 '존슨 메달'을 받았다.

오르소 트리사이클린(Ortho Tri-Cyclen)이라는 브랜드로 시판되기 시작한 한 박사의 경구피임약은 이후로 가장 잘 팔리는 피임약이 되어 회사에 막대한 재정적 이익을 안겨 주었다. 오르소 트리사이클린은 현재도 오르소 제약사의 최대 판매 제품이다.

제3부 기적 같이 이뤄진 미국유학의 꿈
그리고 세계적 과학자로 우뚝 서다

1부

나의 고향 평북 후창
그리고
자유를 택한 남한행

나는 열심히 살았고, 내가 택한 길을 후회하지 않았다. 무엇보다도 목적이 분명한 삶을 살았다. 완벽하지는 않았지만 불완전한 자신을 안고 끊임없이 선택하고 결단하며 목표를 향해 매진하는 진지한 삶을 살았다. 나의 이야기가 누군가에 또 하나의 '보이지 않는 손'이 되어 삶의 원기가 되기를 바란다.

어머니의 품,
그리고 꿈의 계절들

[끝나지 않은 수업 1] 어머니와 고향

'끝나지 않은 수업'은 재미과학자 한도원 박사의 일대기입니다. 한도원 박사의 삶은 험난한 시대를 살아온 우리 어머니 아버지들의 삶 자체이면서 귀중한 현대사라고 할 수 있습니다. 북녘에서 보낸 소년기, 혈혈단신으로 탈출하여 남녘에서 보낸 청년기, 그리고 1955년 '8달러'로 시작한 미국유학생활 등 삶의 고비들을 극적으로 통과해온 그의 일생은 한편의 잘 꾸며진 드라마와 같다고 할 수 있습니다. 한도원 박사는 2002년 은퇴한 후 플로리다 올랜도에서 생활하고 있습니다. 그가 제공한 자료들과 구술을 토대로 기자가 스토리를 재구성합니다. 이 글은 1인칭으로 서술됩니다.
– 글쓴이 주

일대기를 쓰는 목적

참 잠깐인듯 했는데 뒤돌아보니 긴 세월이었다. 내가 미국에 첫발을 디딘 때는 1955년 4월이었다. 지금 이 글을 쓰는 시점이 2015년이니 딱 60년 세월이 흘렀다.

우여곡절 끝에 얻은 미국행 비자를 쥐고 여의도 비행장을 떠나 사흘 만에 미국에 도착하던 그 날, 내 수중에 가지고 있던 돈은 8달러가 전부였다. 나는 마중 나온 교수 집에서 점심을 먹은 그 날 오후 2시부터 4달러를 주고 작업화를 마련하여 곧바로 잔디 깎는 일로부터 길고 긴 미국생활을 시작했다.

나는 수업이 있을 때나 방학을 가리지 않고 각종 아르바이트를 하며 대학과 대학원을 졸업하여 석·박사 학위를 받았다. 그뒤 미국이 자랑하는 세계적 제약회사인 존슨앤드존슨에서 연구원으로 시작하여 각종 권위 있는 상을 받으며 승급에 승급을 거듭했다. 1989년에는 미국 최초로 경구피임약 노게스티메이트(Norgestimate)를 발견·개발하는 개가를 올렸고, 설립 100년이 넘는 역사를 가진 회사로부터 제약 연구가 최고의 영예인 '존슨 메달'을 받은데 이어 석좌연구가 지위에 오르기도 했다.

호사다마라고 했던가. 2002년 70세에 은퇴하여 이제 좀 쉬어야겠다는 생각을 하자마자 각종 질병이 나를 괴롭히기 시작하면서 더 늦기 전에 나의 일대기를 써야 하겠다는 생각이 들었다. 그러고도 10년 이상이 더 흘러버렸다. 더 이상 늦출 수 없다고 생각하던 어느 날, 은

퇴지인 플로리다 올랜도에서 우연한 기회에 한 기자를 만나게 되었고, 그의 권유로 나의 일대기를 쓰기로 했다.

처음 일대기를 쓰려던 결심을 한 것은 그저 나의 자녀들과 후손들을 위해서였다. 일제와 한국전쟁 등 험난한 시대를 살아온 우리 세대들은 누구나 그렇듯이 자녀들이 고생을 모르고 자라서 세상을 너무 안이하게 살아간다는 생각과, 자신들의 선대가 나름대로 끼쳐온 긍정적인 영향을 모른 채 고마움을 잊고 산다는 단순한 생각에서였다. 또 하나는, 혹 나의 자녀들이 뚜렷한 목표를 갖지 못하여 방황하고 한 번뿐인 삶을 허투루 살아가고 있지 않나 하는 노파심이 자주 들었기 때문이기도 했다.

하지만 이런 개인적이고 국소적인 이유가 나의 일대기를 쓰게 된 까닭의 전부는 아니다. 대충 나의 짧은 영문 일대기를 읽고 들었던 기자가 말하기를 "험난한 시대를 살아온 우리 어머니 아버지들의 삶 자체 그대로가 우리의 귀중한 현대사"라면서, 특히 남과 북, 그리고 이국에서 삶의 고비 고비들을 극적으로 통과해온 나의 삶 자체가 갖는 무게가 적지 않다고 했다.

그는 나의 일대기를 일컬어 "재미를 더해 주기 위해 누군가가 연출한 한편의 광대한 드라마"라고 했고, 내 삶을 '보이지 않는 손'이 연출한 8달러의 기적이라고까지 하며 일대기를 기록으로 남길 것을 권유하고 격려했다.

북한에서의 유소년 시절을 보냈고, 혼란한 해방정국에서 청년기의 삶에 이어 20대 초반에 도미하여 숨 가쁘게 살아온 평생이었다. 뒤돌아보니 나의 삶 자체가 우리의 현대사의 한 부분임이 분명하다는 생각이 들었다.

내 연배의 한국인들 치고 엄청난 삶의 굴곡을 겪지 않은 분들이 없을 것이다. 나의 삶 역시 마치 꺼져가는 등불이 되살아나듯 앞뒤가 꽉 막히고 캄캄한 상황을 헤쳐 나왔다. 마치 내가 나고 자란 곳에 가까이 있던 압록강변에 끝없이 펼쳐져 있던 갈대야말로 나의 삶이라고 표현하면 어떨지 모르겠다. 갈대는 세찬 광풍이 불면 땅에 닿을 정도로 휘어지기는 하지만 절대로 꺾이지 않는다. 나 역시 고비마다 극적으로 되살아나는 체험들을 여러 번 했다. 젊은 시절에 특정 종교의 신을 믿지는 않았으나, 삶의 고비에서 '보이지 않는 손'의 도움을 여러 번 받았다. 그때마다 나는 분연히 일어섰고 기도했다. 그리고 그 기도의 끝에서 나는 "내 배를 채우는 삶으로 만족하기보다는 누군가를, 많은 사람을 돕는 삶을 살겠다"고 다짐했었다.

나는 열심히 살았고, 내가 택한 길을 후회하지 않았다. 무엇보다도 목적이 분명한 삶을 살았다. 완벽하지는 않았지만 불완전한 자신을 안고 끊임없이 선택하고 결단하며 목표를 향해 매진하는 진지한 삶을 살았다. 나의 이야기가 누군가에 또 하나의 '보이지 않는 손'이 되어 삶의 원기가 되기를 바란다.

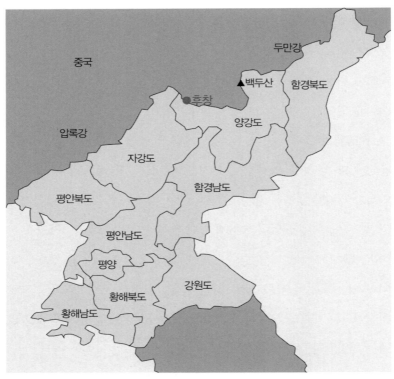

▲ 나의 고향 후창(현재 양강도 김형직군 김형직읍. 옛날에는 함북에 속했으나, 1954년에 자강도에 편입됐다가 1988년에 양강도로 다시 편입됐다.)

나의 어머니, 그리고 후창리 내 고향

나는 1931년 11월 20일 평안북도 후창군 후창면(현재는 양강도 김형직군 김형직읍)에서 아버지 한성범 어머니 조완옥의 3남 3녀 중 장남으로 태어났다.

아버지는 사업으로 집을 떠나 만주에서 머물렀고, 종종 바람처럼 집에 들렀다가 사라지곤 했다. 선대로부터 물려받은 농토가 있었던 데다, 아버지와 어머니의 근면하고 부지런한 성정으로 집안 형편은 유족했다. 여러 사람에게 소작을 주었을 만큼 지주 집안으로 친지들과 친구들로부터 부러움의 대상이었다.

어머니는 소작농들을 꼼꼼하게 관리하여 객지의 아버지가 집안 대소사를 모두 맡길 만큼 함경도 특유의 억척 여성이었다. 생활이 풍족하였음에도 불구하고 어머니는 6남매 모두의 입성이나 먹을 것 등을 손수 챙기셨고, 자식들이 비뚤어지지 않도록 노심초사하였다. 특히 누구보다도 교육열이 대단하여서 가까운 곳 강계보다는 안주 지역의 학교에 자녀들을 보낼 정도였다.

나는 집과 가까운 후창 유치원과 후창 초등학교를 졸업하자마자 안주 중학교에 입학하여 기숙사에서 지냈다. 방학 때면 집에 돌아와서 지내며 어머니의 보살핌을 듬뿍 받고 개학하면 학교로 돌아가곤 했다. 지금도 잊히지 않는 게 있다. 내가 방학하여 집에 돌아오면 어머니는 버선발로 뛰어나와 "아이고 우리 장남 왔네, 어찌 이리 말랐음매!"라며 맞아들이고는 보약을 달이고 내가 좋아하던 엿과 떡을 만든다고 야단이었다.

어머니는 특히 장남인 나를 상전 대하듯 했다. 집안의 기둥이었고 모범생으로 자라며 기대를 한몸에 받았기 때문이었다. 어머니가 직접 짓는 농사일이 만만치 않았으나 장남인 나에게는 농사일을 거들게 하거나 함부로 심부름을 시키는 일도 없었다. 나는 늘 집안 어느 구석엔가 틀어박혀 책을 읽는 일에만 몰두하였다.

너무 책만 읽어 건강을 해칠 것을 염려한 어머니는 해가 지면 전깃불을 끄고 억지로 잠을 청하게 했다. 나는 어머니와 형제들이 잠든 틈을 타서 몰래 전깃줄을 밖으로 끌어내 책을 읽곤 했다. 내가 밤을 새워 읽었던 책들은, 학교 공부를 위한 교과서들 외에도 세계문학 전집들이 주를 이뤘다. 아버지가 종종 들러 가져다주신 문학 전집들은 감수성이 예민하던 시절 산골 마을 소년에게 미지의 삶에 대한 끝없는 상상의 나래를 펼쳐주기에 충분했다.

한쪽이 긴 'ㄷ' 자 집 한구석 내 방 벽은 온통 책으로 둘러쳐져 있었고, 종종 친구들에게 생색을 내며 빌려주곤 했다. 읽던 책 중에 정말 소중하다 싶으면 늘 휴대하여 읽고 또 읽곤 했는데, 1947년 남쪽으로 내려올 때도 한 권의 책을 가지고 내려왔다. 1934년에 일본 중앙공론사에서 나온 톨스토이의 전집 가운데 '영생의 길'이란 일어 소설로, 나는 지금도 이 책을 소중히 간직하고 있다.

어렸을 적 나는 의사가 되어 병들고 가난한 이들을 돕겠다는 꿈을 갖고 있었다. 어머니는 나의 이런 꿈을 기특하게 여기셨고, 동생들도 나를 자랑스레 여기고 아버지처럼 따랐다. 어머니의 사랑을 한몸에 받고 자라던 초등학교 시절을 기억하면 잊히지 않는 장면들이 떠오르곤 한다. 지금 생각해도 웃음이 절로 나오면서 마음 한쪽으로는 울컥하는 감정이 솟는다.

나는 학교에 갔다 집에 돌아오면 어머니부터 찾곤 했는데, 어머니가 즉각 대답을 안 하거나 안 보이면 울음을 터뜨리곤 했다. 어

▲ 어렸을 적 읽었던 톨스토이 전집 〈영생의 길〉. 1947년 북한을 탈출할 때 가지고 나온 이 책을 나는 아직도 간직하고 있다.

머니는 이게 애잔하면서도 귀여웠던지 종종 장난을 치시곤 했다. 일부러 대답을 안 하시고는 내가 울음을 터뜨리면 기다렸다는 듯이 "내, 요기 있음매!" 그러며 웃음 띤 얼굴을 삐죽 내밀곤 하셨다. 웃음과 울음이 범벅된 얼굴로 엄마 품으로 달려가면 얼싸안아주시던 어머니. 나는 이런 어머니의 모습을 1947년 어느 날 북녘 고향을 떠나 남쪽으로 온 이후 다시 뵙지 못했다.

내가 살던 고향 후창은 40여 가구가 살던 산골 마을이었다. 동네 앞

쪽 길게 뻗은 깊은 골짜기 사이로 두만강 지류인 후창강이 흐르고 있었다. 봄철이면 개나리 진달래가 온 동네를 물들였고, 내 또래 여자아들은 야산에서 쑥을 뜯거나 고사리를 꺾으러 산에 오르곤 했다. 여름이면 동네 친구들과 멱을 감거나 대나무로 발을 엮어 만든 망이나 작살로 고기를 잡았다. 시간 가는 줄 모르고 해 질 녘까지 고기를 잡다 잠시 허리를 펴서 눈을 돌리면 산 아래쪽으로 물보라가 생기는 모습들을 보며 신기해하곤 했다. 동생들이 "형아야! 어머니가 밥 먹으러 오래!"라고 외치는 소리를 듣고서야 집으로 돌아오곤 했다.

겨울철에는 동네 뒤로 빤히 보이던 완만한 경사의 산 능선에 쌓인 눈밭에서 노루잡이를 하던 기억도 어제 일처럼 떠오른다. 친구들 여럿이서 노루를 에워싸고 냅다 내몰라치면 얼마 가지 못해 힘에 겨운 듯 눈에 빠져 허우적거리는 모습을 보고 박장대소를 하곤 했다. 나는 종종 아버지가 사다 준 스키로 시원하게 뻗은 산허리를 타며 즐기거나 얼어붙은 후창강에서 스케이트를 타곤 했다. 종종 젖은 몸을 말리려 불을 피우고는 미리 가져간 감자를 넓적한 돌판 위에 올려 구워 먹던 기억도 난다.

학교에 가면 일본식 규율에 따라 군사 훈련도 받고 비행장 노역으로 공부 반 일 반으로 지나던 일제 치하였고, 피곤하고 핍절해 보이는 이웃들의 고단한 삶의 그림자들이 깊게 드리웠다. 그래도 나의 어린 시절은 어머니의 무한대 사랑과 유족한 살림 덕분에 영롱하고 아름답던 추억들로 점철되어 있었다.

그리고 세상모르고 살던 나에게 1945년 8월 15일 민족 해방이 어느 날 성큼 기적처럼 찾아왔다. 막 연애소설에 재미를 붙이던 14세 때였다.

36년 세월 동안 일제의 압제에 이래저래 적응하며 살아오던 많은 사람에게 해방은 기쁨이면서 동시에 또 다른 고난과 슬픔의 시작이었다.

'지주의 아들',
광복 북녘땅엔 설 자리가 없었다

[끝나지 않은 수업 2] 14세 소년이 북에서 맞은 해방

내가 해방을 맞은 것은 안주 중학교에서 기숙사 생활을 하고 있을 때였다. 일제는 한국인 학생들이 다니던 우리 학교는 물론, 다른 일본계 학교 학생들도 안주 인근에 비행장을 건설한다며 날마다 학생들을 동원하여 땅을 고르거나 돌을 나르게 하는 등 노역을 시켰다. 1학년 때만 해도 그런대로 수업일수를 지켜 공부를 시켰으나, 2학년에 이르러서는 수업은 뒷전이고 작업에만 매달리게 했었다.

당시 일본군은 계속 패배하고 있으며, 소련이 곧 참전하게 되면 전세가 일본에 더욱 불리해질 것이란 소문들이 암암리에 나돌았다. 동네 어른들 사이에서는 1930년대 후반부터 만주 지역의 항일 무장 유격대가 우리 동네에서 그리 멀지 않은 함경도 보천군의 일본 경찰서

를 비롯한 관공서를 습격하여 일제의 간담을 서늘케 했다는 무용담이 나돌고 있었다. 1940년대 초반을 지나 중반에 가까워지면서 일본군의 패색이 짙어지는 조짐들이 나타나고 있었다.

어느 날인가부터 일본 순사들을 동원한 군청 직원들이 우리 동네에 나타나 놋그릇이란 놋그릇은 모두 뒤져서 가져가기 시작했다. 학교에서 돌아온 어느날 어머니가 한쪽 툇마루에 주저앉아 망연자실한 표정으로 연신 혀를 차시던 장면이 떠오른다. 시집올 때 가져온 것은 물론 대식구들의 식생활과 농사철 일꾼 밥상을 차리기 위해 이래저래 장만한 놋그릇들을 몽땅 공출당했던 것이다.

어수선하고 팍팍하던 시절, 어느 날 해방의 소식이 들려왔다. 나중에 들으니 다른 지역에서는 '어느 날 갑자기 도둑같이 온 해방'의 기쁨에 거리로 몰려나와 만세를 부르는 사람들도 있었다고 하지만, 내가 안주에서 맞은 해방은 비교적 조용했다. 후창이나 안주 지역은 비교적 소도시 지역이기도 했고, 이미 전쟁의 뒤끝이 보이던 국경 지역이어서 그런지 담담한 분위기로 해방을 맞았던 것으로 기억한다.

해방 며칠 후부터 이미 상당수의 선생님은 학교를 떠나기 시작했고. 학생들도 하나둘씩 짐을 꾸려 고향으로 향하면서 학교는 텅 비어가고 있었다. 너도나도 떠나는 분위기에서 나도 서둘러 짐을 챙겨 고향으로 돌아왔다. 이후로 기약도 없고 생경하기만 한 새로운 세상에서 2년여간의 '방학'을 체험해야만 했다.

"로스케가 온다!"… 시계를 주고 자전거를 얻다

해방 초기는 기대감과 동시에 불안감으로 어수선하고 혼란스런 분위기였다. 거리에는 여전히 관청에 남아 있거나 미처 재산과 살림을 챙기지 못한 일본인들과 생판 처음 보는 소련군들이 뒤섞여 활보하고 있었다. 시간이 지나면서 더욱 밀려들기 시작한 소련군이 북쪽 지역 중소 도시는 물론 시골 마을에까지 들어 오면서 불안은 커지기 시작했다.

거의 거지꼴을 한 남루한 옷에 얼굴과 팔뚝에 수염과 털이 숭숭 난 소련군들이 양곡이나 채소를 강탈하는 것은 물론, 여자들을 겁간한다는 소문이 나돌기 시작하면서 공포 분위기가 감돌았다.

이들은 아무 밭에나 들어가 오이를 따서는 우적우적 씹으며 다녔고, 베개만 한 큰 빵을 옆구리에 끼고 다니며 식사를 해결했다. '로스케'로 불린 이들은 노소를 가리지 않고 여자란 여자는 모두 잡아가고, 남아 있던 일본 여자들까지 표적으로 삼는다는 얘기가 나돌았다. 어느 곳에서는 참다못한 조선인 청년들이 소련 병사들을 폭행했다는 얘기까지 들려왔다.

우리 동네는 물론 이웃 동네들에서도 이 같은 흉흉한 소문에 남자들끼리 자경단을 구성하여 동네 어귀에서 차례로 망을 보며 소련군의 동태를 감시하곤 했다. 동네 인근의 냇가 부근에 텐트를 치고 주둔하

던 소련군 병사들이 어느 때 나타나 일을 저지를지 알 수 없었기 때문
이었다. 우리 어머니도 할머니가 사는 집이나 산으로 피신했던 적이
여러 번 있었다. 나중에 들으니 소련군 사병들 가운데 감옥에서 징집
되어 끌려온 죄수들이 다수 섞여 있어서 이들이 주로 악행을 저지른
다고 했다. 소련군을 생각하면 지금도 웃음을 참을 수 없는 기억이 있
다. 소련군들은 시계를 몹시 좋아하여 양쪽 팔뚝에 시계를 여러 개 차
고 활보하곤 했는데, 어느 날 소련군이 길 가던 나를 세워 놓고 팔뚝

38th parallel line
38th parallel line was a convenient military demarcation line between United States and Soviet for the disarmament of Japanese
troops on the Korean peninsula which was decided at Potsdam conference, July 17 ~ August 2, 1945.
Russian troops are moving north along road, from Kaesong south of 38th parallel line.
Date: September 12, 1945   Photo Credit: US Army   Data: The World Peace Freedom United

▲ 해방 후 북한에 진주한 소련군. 상당수 병사(일부 기록 30%)가 강제 징병당한 죄수들로 알
려져 있다. 각종 만행을 접한 북한 주민들은 이들을 로스케로 부르며 피했다. (지난 4월 16일
(사)월드피스자유연합이 광화문에서 전시한 해방 전후 사진전 사진들 가운데 하나다.)

을 걷어 올리게 하고는 시계를 달라고 했다.

겁에 질려 머뭇거리자 그는 끌고 가던 자전거를 내게 주면서 바꾸자고 했다. 엉겁결에 자전거를 받아 타고 도망치듯 집으로 돌아와서 보니 새것이나 다름없는 고급 자전거였다. 자전거가 매우 비싸고 귀하던 시절에 느닷없이 고급 외제 자전거의 주인이 되어 얼마나 기분이 좋았던지! 아마도 내가 만난 소련군은 그나마 마음씨 좋은 장교였던 것 같다.

'지주의 아들'이 겪은 생경한 세상

불안한 것은 소련군들 때문만이 아니었다. 여기저기서 군중집회가 열리고, 누구누구가 잡혀가고 처형되었다는 소식들이 들려왔다. 건국준비위원회니 인민위원회니 하는 단체들에 이어 붉은 완장을 두른 청년 단체들이 생겨났고, 청소년부터 어른들에 이르기까지 각종 단체에 가입하거나 집회에 참석하라는 통보가 집집마다 하달되기 시작했다. 14세 소년에 불과했던 나는 물론이거니와 2살 아래 동생까지도 '소년단 집회'에 참가한다며 뻔질나게 불려 나가곤 했다. 나의 가족은 이른바 '사상개조'의 대상이었다.

아버지는 '지주 반동분자'라며 이미 잡혀가서 행방을 몰라 전전긍

긍하던 처지였고, 어머니는 백방으로 아버지의 행방을 찾고 있었다. 거리 곳곳에는 "김일성 장군 만세", "자본가를 매장시켜라!" 등의 슬로건이 적힌 플래카드와 빨간 깃발들이 내걸려 있었다.

갑자기 쏟아져 들어오는 생경한 광경들에 나는 '해방' 된 느낌보다는 또 다른 압제에 짓눌리는 듯했다. 정작 무슨 무슨 학습 집회에 참석하여 마르크스니 레닌이니 하는 공산주의 사상가들의 이론을 학습하자니 생소하기만 했고, 가슴에 썩 다가오지도 않았다.

공산혁명을 이해하기에는 나이가 어리기도 했고, 특히 내가 읽은 많은 세계 명작들에서 맛본 세상은 사람의 머릿속을 획일화하고 강제하는 그런 세상이 아니었다. 더구나 평온하고 유복한 가정에서 태어나 고향산천에서 마음껏 뛰놀며 꾼 꿈들은 로스케들과 그 동조자들이 꿈꾸는 세상에서는 이뤄질 수 없다는 것을 체감하기 시작했다.

갑작스럽게 변모된 세상은 진지한 인간관계에 막 눈뜨기 시작하던 나를 당황스럽게 했다. 어렸을 적부터 장난스레 우정을 나누던 꾀복쟁이 친구들과 급우들 가운데는 이미 성분 좋은 무산자의 자녀라며 빨간색 청년단장 완장을 차고 목에 힘을 주고 다니는 이들도 있었다. 그들의 형제들도 여기 저기 취직이 되어 새로운 세상에서 그들만의 꿈에 젖어들고 있었다. 나는 그들의 눈빛과 행동거지가 달라져 가는 것을 보고는 내심으로 인간 심성에 대한 회의와 함께 그들이 가져올 새로운 세상에 대한 이질감을 느껴야 했다.

해방을 맞은 지 2년이 다 된 1947년 어느 날이었다. 무슨 청년 단체에서 하는 학습 모임에 참석했다가 나보다 두어 살 연배인 듯한 청년을 사귀게 되었다. 서울이 고향인 그는 북쪽의 이모 집에 자주 놀러 왔다 서울로 돌아가곤 한다며 해방 뒤에도 몇 차례 삼팔선을 넘나들었는데, 며칠 후에 서울로 돌아가려고 한다고 했다. 그는 서울에 가서 얼마든지 좋은 학교에도 다닐 수 있다는 말까지 하며 함께 가자고 했다. 귀가 번쩍 뜨이는 얘기였다.

2년여 동안 학교 근처에도 가지 못하였고, 언제 다시 학교에 다니게 될지 기약이 없을뿐더러, 장래에 대한 불안감을 안고 하릴없는 세월을 보내던 처지에서 긴 장마의 단비와 같은 소리였다. 가슴이 뛰었다. 나는 즉시 어머니에게 달려가 그 청년의 말을 전하며 서울로 가겠다는 결심을 말했다. 어머니는 펄쩍 뛰시며 "굶어도 함께 굶고, 죽어도 여기서 함께 죽는 게 낫다"며 반대했다. 아버지가 잡혀가고 없는 상황에서 장남에 장손인 나를 멀리 떠나보낸다는 것이 그리 간단한 마음가짐으로 될 일은 아니었다.

이미 결심이 선 나는 어머니를 설득하기 시작했다. 머리에 번뜩 떠오르는 것이 있었다. 누구보다도 강렬한 어머니의 '교육열'에 기대어 보기로 한 것이다. 그즈음 들어 어머니는 "2년 가까이 학교에도 못 가고 빈둥거리는 게 영 마음에 걸린다"며 나의 장래를 염려하던 터였다. 나는 "서울에 가면 일류학교에 입학하여 보란듯이 모범생 노릇을 하겠다"며 진지한 표정으로 재차 설득했다.

'야반 남행'을 결심하다

한참을 생각하시던 어머니는 "좋은 학교에 공부하러 간다"는 말에 마음이 움직이는 듯했고, "학교에도 못 가고 집에 있으니 차라리 서울에 가는 게 나을지도 모르겠다"고 한발 물러섰다. 나는 이 틈을 타서 얼른 "내년 여름 방학에 돌아올 텐데 무에 그리 걱정입매!"라고 투정하는 투로 내뱉었다. 그리고는 "내일모레면 남으로 내려가는 트럭이 오는데, 그 기회를 놓치면 평생 후회하게 될 것"이라고 못을 박듯 단호하게 말했다.

어머니는 내심으로는 허락할 심산이었던 것으로 보였다. 남편이 잡혀가서 소식이 없는 마당에 일단 장남이 서울에 가서 공부하고 있다가 상황을 보아서 재회하면 될 것으로 생각하셨던 것 같다. 나도, 어머니도 삼팔선이 콘크리트 장벽보다 강하고 높은 선이 되어 영영 넘나들지 못할 것이라고는 꿈에도 생각하지 않았다. 그러기에 어머니도 설득당하는 척 나의 남행을 순순히 허락하셨을 것이다.

광복 축제로 들뜬 밤,
남행길에 오르다

[끝나지 않은 수업 3] 고향에서 평양 거쳐 해주로

일단 남행을 결정하자 마음이 바빠졌다. 원하지도 않았고, 그래서 더욱 지겹기만 했던 2년여의 '방학'을 끝내고 막연하게나마 동경하던 서울로 향한다는 생각에 싱숭생숭한 기분이 들기도 했다. 우리를 태우고 갈 트럭은 8월 14일 오후 늦게 오기로 되어 있었다. 나와 함께 남행하게 될 친구는 성이 백씨로, 우리는 마침 광복절 기념일을 앞두고 대대적인 축하행사 준비에 이목이 쏠린 틈을 타서 동네를 빠져나갈 계획을 세워 두었다.

나는 '디데이'를 며칠 앞두고 숨을 죽이며 동네 분위기를 살펴 가며 가져갈 간단한 짐을 꾸리기 시작했다. 배낭 속에는 며칠 먹을 미숫가루와 옷가지를 챙겨 넣었다. 그 와중에도 책 한 권을 배낭에 쑤셔 넣었는데, 톨스토이의 〈영생의 길〉이라는 일어판 소설이었다. 어머니는 남쪽에서 사용하는 화폐로 3만 원을 바꿔 오시더니 길쭉하게 만든 전대에 몽땅 집어넣은 뒤 겉옷을 들추고 허리에 둘러차게 하셨다. 당시 3만 원은 두 학기 등록금과 1년 동안의 생활비로 적지 않은 돈이었다. 어머니는 서울에 사는 몇몇 아버지의 친구들 명단을 주시면서 찾아가면 도움을 받을 수 있을 것이라고 하셨다.

드디어 8월 14일이 왔다. 동네 여기저기에는 광복절을 기념하는 현수막이 나붙고 어른이나 아이 할 것 없이 다음날 치러질 기념행사를 준비한다며 모두 바삐 움직이고 있었다. 우리는 동네 어귀와 강 건너 길목을 경비원들이 지키고 있는 것을 며칠 전부터 예의 주시하고 있었는데, 오후 해 질 무렵이면 하나둘씩 빠져나가는 것을 알게 되었다. 아무것도 모르는 나이 어린 동생들은 그저 잔치 분위기에 젖어 뭔가를 준비한다며 온종일 친구들과 들락날락 하고 있었다. 그들은 아버지처럼 따르던 형이 몰래 자신들을 버려두고 떠난다는 사실을 까마득히 모르고 있었다.

광복절 축제 전날 밤, 고향을 떠나다

해가 기울고 떠날 시간이 다가왔다. 어머니가 손수 차린 저녁을 먹는 둥 마는 둥 집을 나섰다. 10여 분을 걷다 이쪽 편 강어귀에서 보니 강 건너 저편에 트럭의 뒤꽁무니가 보였다. 흑갈색 천으로 짐칸을 두른 트럭을 몰고 온 운전사는 차 앞뒤로 왔다 갔다 검사하는 시늉을 하며 주변을 흘끔흘끔 살피고 있었다. 태연한 척 어머니와 함께 다리를 건너 트럭이 있는 쪽으로 향하자 먼저 도착한 백군이 팔을 반쯤 들어 빨리 오라는 시늉을 했다. 그는 해방 전후로 이미 여러 차례 친척 집을 방문하는 등 남북을 드나들던 경험이 있었고, 이제는 나의 안내자요 동행자가 될 터였다.

어스름 저녁의 산그늘이 마을 앞 어귀를 가로지르며 흐르는 강물을 무겁게 덮고 있는 광경이 얼핏 내 눈에 들어왔고, 불안정한 시국에 장남을 떠나 보내는 어머니의 한숨이 귓등을 때려 잠시 두려운 마음이 들었다. 하지만 두려움은 턱수염이 듬성듬성 나기 시작한 16세 소년이었던 나에게 강렬하게 밀려들기 시작한 미지의 세계를 향한 호기심에 비하면 아무것도 아니었다.

2년간의 원하지 않은 방학 동안에 세계문학 대전집을 비롯하여 중국 및 일본 역사소설들과 막 들어오기 시작한 추리소설 등을 닥치는 대로 읽으며 나만의 세계에 몰입하여 갖게 된 또 하나의 감정이 있었다. 미지의 세상에 대한 모험심과 도전 정신이었다. 어쩌면 이 같은 모험심과 도전 정신은 일찍 일본 유학을 마치고 고국에 돌아온 뒤로 사업을 한다며 만주 일대를 들쑤시고 다닌 아버지로부터 보고 배운

▲ 평양역 (위키피디아)

것인지도 모른다. 달리는, 어릴 적부터 높고 험한 산악지대와 도도히 흐르는 후창강가에서 자유롭게 뛰어놀며 품게 된 웅지가 몸에 밴 탓일 수도 있었다.

어쨌든 겁없는 16세 소년이었던 나는 눈앞에 트럭이 보이자 단숨에 서울로 달려갈 것만 같았다. 트럭 앞에 도달한 나를 어머니가 돌려 세우고는 침통한 표정으로 바라보았다. 그리고는 내 어깨를 잡고 있던 오른손을 내린 어머니가 갑자기 양손으로 내 허리에 두르고 있던 돈 전대를 앞뒤에서 주물럭거려 살펴보셨다. 이내 안심한 듯 엉덩이께를 툭툭치고는 목이 잠긴 목소리로 어서 가라는 눈짓을 하셨다. 어

머니는 막 돌아서서 트럭에 타려는 나를 다시 돌려세우고는 당부 겸
격려의 말씀을 하셨다.

"담배 피우지 말아라. 술을 마셔선 안 된다. 하늘이 너를 도와주실
거다!"

이 세 마디는 어머니의 유언과 같은 마지막 말이 되고 말았다. 북
녘에서는 해방이 된 기쁨 때문인지, 갑자기 맛보게 된 자유 때문인지
담배를 피우는 청소년들이 많아졌었다. 나도 친구들과 만나서는 낄낄
대며 몰래 담배를 피우곤 했다.

당시 돈깨나 있다는 부자들이나 한량 청년들 사이에선 만주에서
들어온 아편에 손을 대 패가망신 하는 일들이 종종 있어서 어려서 담
배를 피우는 것을 예비 마약쟁이가 되는 것쯤으로 인식하고 있던 때
였다. 언젠가는 담뱃가루가 내 호주머니에서 발견되어 아버지에게 된
통 혼이 난 적이 있었는데, 어머니는 내가 담배 피우는 분위기에 휩쓸
려서 나쁜 친구들과 어울릴 것을 염려하셨다.

어머니의 마지막 말, "담배 피우지 말아라……"

이윽고 나와 친구를 태운 트럭은 고향 마을을 뒤로하고 어스름 저
녁 신작로를 달리기 시작했다. 트럭에서 내뿜는 매캐한 연기와 희뿌

연 흙먼지에 사라졌다
나타났다 하던 어머니
의 모습이 후창강을
오른쪽으로 휘돌아 갑
자기 꺾여진 길목에서
완전히 모습을 감추었
다. 이제 정말 떠나게
됐다는 안도감과 아울

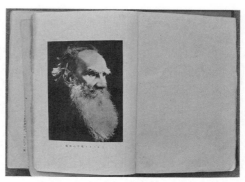

▲ 1947년 북한에서 탈출하면서 배낭 속에 넣어 온 톨스토이의 일어판 소설 《영생의 길》(1927년, 중앙공론사). 나는 지금도 이 책을 소중히 간직하고 있다.

러 뭔지 모를 슬픔으로 가슴이 휑하던 느낌이 지금도 떠오른다. 아무리 드센 기질의 함경도 여자라 하더라도 남편이 쥐도 새도 모르게 잡혀가 종무소식인 데다, 장남까지 광복절 기념 대 축제를 앞두고 피신시키듯 남으로 떠나보냈으니, 어머니는 아마도 집에 돌아가셔서 가슴을 치며 대성통곡을 하셨을 것이다.

우리를 태운 트럭은 얼마 동안은 후창 인근의 신작로를 달리다 외곽의 심하게 울퉁불퉁한 산길을 타고 달리기 시작했다. 혹시나 경비원들의 검문에 걸릴지도 모르기 때문에 일부러 산길을 택한 것이다. 우리를 태운 트럭이 좌우로 뒤뚱거리며 사정없이 털털거리는 길을 4~5시간쯤 달리자 배가 고파지기 시작했다. 어느 시골 마을에 잠시 정차하여 식당을 찾아서는 냉면을 허겁지겁 먹었다. 그리고 다시 출발하여 두어 시간쯤 달려 강계에 도착할 무렵 검문소가 나타났다. 차에서 내린 우리는 걸어서 강계에 도착하여 자그마한 여관에 들었다.

다음 날 아침 일찍 우리는 강계역에 가서 평양행 기차표를 끊었다. 그리고 등에 걸머지고 있던 배낭을 짐칸에 미리 넣고는 빈손으로 기차에 올라 탔다. 짐을 가지고 있으면 순찰 요원들에게 의심을 살 우려가 있었기 때문이었다. 기차 안은 상당히 붐볐다. 어림짐작에도 어딘가로 피신을 가는 승객들이 많을 것이란 생각이 들었다. 고향에서부터 우리와 처지가 비슷한 많은 사람이 이미 삼팔선을 등지고 남으로 갔다는 얘기를 듣던 터였다.

일단 평양행 기차를 타고 보니 처음 떠나올 때보다는 마음의 여유가 생겼으나 불안하기는 마찬가지였다. 기차에 탄 사람들의 행색이나 창가로 종종 내비치는 정차역 지역 주민들의 표정이나 왠지 초조하고 불안하고 뒤숭숭 해 보였다. 종종 검표원들이 기차 안에서 표를 조사하는 와중에 행색을 살피며 행선지를 묻기도 하였는데, 그때마다 마음을 졸이곤 했다. 북한 지역은 산이 많아 수많은 터널을 지나치게 되는데, 숨 가쁘게 달리는 기차가 터널들을 통과할 때마다 눈이 부셔서 졸던 눈을 번쩍 뜨기를 여러 차례 했다.

한참을 달리던 기차가 제법 긴 시간을 개천에서 정차했다. 창밖으로 보이는 개천은 고향에서 방학을 마치고 안주 중학교에 갈 때마다 내렸던 곳으로 익숙한 곳이었다. 그곳에서 작은 기차가 앞뒤로 여러 번 오가며 선로를 바꾸고는 안주행 승객을 태웠는데, 사람들은 그 기차를 '빽 기차'라고 불렀었다. 우리는 출출하던 차에 기차에서 내려 떡과 과일을 사 먹고는, 순천을 거쳐 얼마 지나지 않아 평양에 도착했다. 고향 후창을 떠나 평양까지 11시간에서 12시간가량 걸린 것으로 기억한다.

평양은 사람들로 넘치고 있었고, 겉으로는 아무 일도 없는 것처럼 평온해 보였다. 그러나 평양의 뒷골목은 달랐다. 어느 여관에서 하룻밤을 자게 되었는데, 가만히 엿들으니 그중에 상당수가 남으로 탈출을 하기 위해 기회를 엿보고 있던 투숙객들이었다. 그들은 '시간이 갈수록 삼팔선의 경계가 강화되고 있으며, 얼마 지나지 않아 개미 새끼 한 마리도 빠져나가지 못하게 될 것이란 소문이 나돌고 있다'고 했다. 어떤 이는 탈출을 시도하다 붙들려 가서는 교화 노동형에 처해지거나 삼팔선을 넘다 총에 맞아 죽었다는 얘기를 들었다고 했다. 이곳저곳에서 수군덕거리는 얘기를 들으니 육로로 이리저리 피해 삼팔선을 넘는 것보다는 야밤에 어부를 가장하여 고깃배를 타고 강을 건너 탈출하는 것이 덜 위험하다고 했다.

해주에서 만난 남자 "내가 남으로 데려다줄까?"

결국 우리도 해상 루트를 통해 남쪽으로 가기로 결정했다. 여관에서 들은 대로 우리는 평양에서 가깝고 비교적 안전하다는 해주에서 배를 타기로 했다. 다음날 이른 시각에 해주행 기차를 탔다. 이제 곧 배를 타고 남으로 간다는 생각을 하니 긴장되기 시작했다. 여러 차례 남북을 오간 친구는 태연하게 '걱정하지 말라'고 했으나, 처음 경험하는 나는 아무래도 두려울 수밖에 없었다.

잔뜩 긴장한 가운데 해주역에 도착한 것은 한낮이었다. 우리는 미리 보낸 짐을 찾기 위해 수화물 창구에 갔으나 아직 도착하지 않았다는 말을 듣고는 역사를 떠나기 위해 막 발걸음을 옮겼다. 그때였다. 30대 후반쯤 되어 보이는 남자가 우리에게 빠른 걸음으로 다가오더니 작은 목소리로 소곤 거리듯 말했다.

"당신들, 남쪽으로 가려는 거 다 알고 있어, 내가 데려다줄까?"

친구와 나는 소스라치게 놀라며 서로를 마주 보았다. 도착하자마자 정체 모를 남자로부터 받은 제안을 어떻게 해석해야 할까 눈으로 묻고 있었다. 우리가 마주 보며 당황해 하는 것을 본 그는 시선을 돌린 채 우리의 다음 반응을 기다리고 있었다. 우리를 체포하기 위한 비밀요원의 계략일 수 있는데, 여차 잘못 말했다가는 만사가 틀어질 수 있는 상황이었다.

가슴이 방망이질을 치기 시작했다. 양손에 힘이 들어가고 여차하면 돌격하여 들이받고 도망할 태세를 갖추었다.

"간나 새끼들, 소지품 내려놓고 손들엇!"

[끝나지 않은 수업 4] 해주 탈출길, 오두막집에서 생긴 일

난감했다. 이 정체 모를 남자는 어떻게 해서 우리가 남쪽으로 탈출하려던 계획을 알아챈 걸까. 혹 고향에서부터 누군가 미리 알고 밀고를 한 것은 아닐까. 기차간에서 옆자리에 앉았던 남자가 낌새를 알아채고 신고를 한 걸까. 아니면 배낭을 찾기 위해 해주역 수화물 창구에 갔을 때 사무원이 알아채고 신고를 한 걸까. 만약 이 자리에서 도망친다면 금방 의심을 받고 붙잡히지는 않을까. 이런저런 생각이 머리를 스쳤다.

그러는 사이 정체 모를 남자가 따라오라는 눈짓을 하더니 뒤도 돌아보지 않고 태연하게 걸음을 옮기기 시작했다. 매우 짧은 순간이었지만 그 남자의 행색이나 행동거지로 보아 우리를 해칠 사람으로 보

이지는 않았다.

얼떨결에 우리는 따라가 보자는 눈빛을 교환하고는 예닐곱 걸음 뒤처져서 남자의 뒤꽁무니를 쫓아 나섰다. 지금 생각해도 무모한 일이었지만, 당시의 분위기는 신속한 판단을 요구하고 있었고, 젊고 세상 물정 모르고 어리숙했던 우리는 일대 모험을 감행하기로 한 것이다.

우리를 앞서가던 남자의 걸음이 시내를 벗어나기 시작하면서 매우 빨라졌다. 주변을 흘끔거리며 그를 쫓아가다 보니 어느새 해주 외곽 지역에 들어서고 주변에 논밭과 야산에 둥지를 튼 초가들이 띄엄띄엄 눈에 들어 왔다. 얼마간 부지런히 따라가다 보니 산세가 험한 지역이 나타났다.

처음에는 오솔길 같은 길을 따라 걸었으나 얼마 지나지 않아 숲이 우거지고 경사가 가파른 지역을 만나면서 걸음을 옮기기가 매우 힘들었다. 크고 작은 바윗돌이 울퉁불퉁 박혀 있는 산등성이를 지나치다가 미끄러지고 넘어지며 여기저기 생채기가 났다. 후창에서 자랄 때 자주 산을 탔던 경험이 있으나, 일부러 사람의 눈에 뜨이지 않는 험한 산길을 타고 가는 일은 녹록지 않은 일이었다.

오두막집에 모인 탈출자들

8월 더위가 기승을 부려 땀이 비 오듯 쏟아졌으나 긴장하고 있던 터라 더운 줄도 모르고 정신없이 앞선 남자를 뒤쫓아 갔다. 헐떡거리며 크고 작은 산악 지대의 험로를 3~4시간쯤 따라가자 말없이 부지런히 걷기만 하던 남자가 산자락 어느 지점에서 다 왔다는 듯 눈짓을 하며 땀을 닦았다. 산 아래로 손으로 셀 수 있을 정도의 초가집들이 군데군데 자리 잡은 작은 마을이 보였다.

이윽고 목적지에 도달했다. 우리를 안내한 남자의 집은 한눈에 보기에도 낡을 대로 낡은 초가집이었다. 나뭇가지를 엮어서 만든 초가지붕은 움푹움푹 패어 있었고, 어른 손가락 굵기로 엮어 만든 대문은 짜부라져 넘어져 있어서 조심스럽게 가위 발로 넘어가야 안채에 이를 정도였다. 집 주변은 온갖 농사 도구와 잡풀들이 뒤섞여 있었다. 앞쪽으로 층층으로 펼쳐진 작은 밭뙈기를 타원형으로 빙 둘러선 수풀이 감싸고 있었고, 뒤편으로는 병풍처럼 산이 펼쳐져 있었다.

그런데 우리가 집 안채에 가까이 가자 인기척이 느껴졌고, 두런거리는 소리가 들려왔다. 안방 문을 열고 들어서니 이미 그 안에는 우리를 안내한 남자의 부인 외에도 예닐곱의 다른 사람들이 묵고 있었다. 우리와 같은 처지의 탈출자들이었다. 우리는 그제야 긴장이 풀리고 안도감이 들었다. 결국, 남으로 피난하려는 사람들을 모아서 피신시켜 주고 돈벌이를 하는 부부의 집에 안착한 것이다.

집주인 남자의 부인이 굴을 넣어 끓인 국과 밥을 내놓았다. 친구와 나는 정신없이 먹어치웠다. 잠시 쉬는 틈에 주인 남자가 우리를 모이게 하고는 탈출 경로와 주의 사항들을 하나하나 알려 주었다. 우리의 탈출 계획은 밤새 머물다가 경비병들의 경계가 느슨해지는 새벽어둠을 틈타 해주 앞바다에서 소형 고깃배로 서해를 타고 남쪽으로 가는 것이었다. 친구 백군은 곧 남쪽으로 가는 배를 탄다는 사실에 잔뜩 긴장하여 주인 남자에게 이것저것 물어보기에 바빴다.

▲ 후창에서 해주로. 1947년 8월 14일 고향(후창)을 떠나 강계까지 트럭으로 이동한 후, 기차를 타고 평양에 도착, 다음날 해주로 떠났다. 그리고는 해주에서 고깃배로 야반 탈출을 시도했다.

나는 백군을 슬며시 불러내 남행을 며칠만 늦출 수 없겠느냐고 물었다. 해주역에서 내 배낭을 찾지 못한 것이 마음에 걸렸다. 어머니가 마련해 주신 값진 옷가지들은 물론 책과 미숫가루 등이 들어있는 배낭을 버려둔 채 떠나고 싶지가 않았던 것이다. 백군은 "그까짓게 무슨 대수냐"며 내게 야단을 쳤다. 끝내 내가 고집을 꺾지 않자 그는 자신이 먼저 가고 나에게 나중에 오라고 했다.

한밤중에 울린 총성, 먼저 떠난 친구는 어찌 됐을까

이렇게 해서 나를 남겨 둔 채 백군은 야음을 틈타 몇몇 어른들과 그 집을 빠져나갈 준비를 했다.

얼풋 잠을 청한 지 얼마나 되었을까. 부스럭거리는 소리가 나는 바람에 잠을 깬 나는 불안한 마음으로 그가 떠나는 것을 지켜보며 행운을 빌었다. 모두가 도둑고양이처럼 발소리를 죽이며 사립문 밖으로 어둠을 타고 사라져 가는 것을 지켜 보고는 방에 들어와 다시 자리에 누웠지만, 도무지 잠이 오질 않았다.

얼풋설풋 막 잠이 들려는 찰나였다. 갑자기 멀지 않은 곳에서 총소리가 들려왔다. 소스라치게 놀란 나는 자리를 박차고 일어나 문틈으로 밖의 동태를 살폈다. 갑자기 불안감이 엄습해 왔다. 아니나 다를까 한 시간쯤 지나자 내 친구를 비롯한 탈출자들을 동반하고 나갔던 주인 남자가 가쁜 숨을 몰아쉬며 황급히 사립문을 밀치고 들어왔다.

그가 숨을 고르며 내뱉은 말은, 그들이 해안가 비밀 접선 장소에 도착하여 막 고깃배를 타려던 순간 갑자기 나타난 경비원들이 총격을 가하기 시작했다는 것이다. 모두가 미친 듯이 달아났고 자신도 황급히 도망쳐 집까지 왔다는 것이다. 그는 다른 사람들은 물론 당신 친구가 살았는지 죽었는지 알 수 없다며 손짓으로 방에서 빨리 빠져나오라고 했다. 그는 만약 친구가 붙잡혔으면 당신 소재가 알려지는 것은 시간문제라며 빨리 소지품들을 챙겨 인근의 숲 속으로 피신하라고 등을 떠밀었다.

상기된 얼굴로 전하는 주인의 말은 내 전신을 얼어붙게 만들었다. 나는 다리가 후들거렸고 가슴이 쿵쾅거려 어찌할 바를 모르고 있던 와중에 정신없이 주변의 소지품을 챙겨 넣고 밖으로 뛰쳐나왔다. 그리고는 집 앞에 낮게 계단식으로 층층이 펼쳐져 있던 밭두렁을 타고 황급히 달려나가 시커먼 숲 속의 어둠에 몸을 숨겼다.

가슴이 콩닥거리는 소리를 느낄만큼 긴장된 모습으로 숲 속에 쪼그려 앉아 두 귀를 쫑긋 세웠다. 한여름 모기가 극성을 부리며 사정없이 달려들었다. 나뭇가지 사이로 별이 반짝이고 있었고, 멀리 산허리에서 개 짖는 소리가 들려왔다. 친구는 어떻게 되었는지, 도대체 나의 운명이 앞으로 어떻게 전개될지 불안하기만 했다.

나는 그 밤을 숲 속에서 뜬눈으로 꼬박 세웠다. 아침 일찍 마을로 조심스럽게 내려와서는 허리를 반쯤 구부려 살금살금 주인집 울타리까지 접근했다. 기웃기웃 동태를 살피는 동안 주인 남자가 마당 밖으로 나와 헛기침을 해대고 있는 모습이 보였다. 별일이 없는 듯했다.

인기척을 내자 얼른 나를 발견한 주인 남자가 안으로 들어오라는 손짓을 했다. 사립문 사이로 슬며시 들어가자 그의 부인이 반색하며 맞았다.

"청년은 참 운이 좋구먼요. 아침에 경비원들이 다녀갔는데, 아마 오늘 중으로 다시 오지는 않을 거구먼. 조용해질 때까지 며칠만 기다리면 다시 배를 탈 기회가 있을 거니깐 참고 기다리면 될 거라요."

불안불안한 가운데 오두막집에서 사흘째 머물던 밤, 주인 남자가 다시 데려온 몇 명의 탈출자들과 나를 부르더니 오늘 밤에 배를 타러 가니 단단히 준비하고 있으라 했다. 다행히도 주인 여자가 배낭을 해 주역에서 찾아온 날이었다. 이제 드디어 내 차례가 온 것이다. 그날 밤 나는 거의 잠을 이루지 못하고 뒤척거렸다.

지정된 시각, 주인이 흔들어 깨우는 듯 부스럭거리는 소리가 나자 주섬주섬 짐을 챙기고는 주인을 따라 어둠 속으로 빨려들어 갔다. 우리는 살금살금 동네 고샅을 걸어나갔다. 풀벌레 소리와 개 짖는 소리만 정적을 깰 뿐 사위는 고요했다. 마을 길을 빠져나가 여러 개의 높고 낮은 언덕과 논밭을 이리저리 가로질러 빽빽한 나무숲을 헤치며 저벅저벅 걸어나갔다. 아무도 말을 하지 않고 걷기만 했다.

어둠과 긴 도보 행군이 두려움을 잠시 잊게 할 만큼 여유가 생기기 시작했다. 서너 시간쯤 걸었을까. 가까운 곳 어디에선가 무슨 소리가 들리는 듯했다. 잠시 희끗희끗한 빛이 눈앞을 스치는가 했는데 갑자기 시커먼 물체가 눈앞에 나타나 우리의 걸음을 멈추게 했다. 오래 걷다 보니 갑자기 보인 환영인가? 아니었다. 웬 말 한 마리가 우리의 앞길을 떡 막아서고 있는 게 아닌가. 그리고 그 위에서 무장을 한 북한 경비병이 고삐를 쥔 채 우리를 내려다 보고 있었다. 말에서 조용히 내린 그가 낮게 소리쳤다.

"이런 간나 새끼들, 꼼짝 마라우야! 가지고 있는 짐 모두 내려놓고 머리 위로 두 손 번쩍 들라우!"

북한 경비병이 말에서 내려 플래시를 비추자 서너 명의 다른 경비병들이 총구를 앞으로 하고 주변에서 뛰쳐나왔다. 그들은 우리를 포위하고는 여차하면 발포하겠다는 태세였다. 모두가 사색이 되어 얼어붙은 듯 엉거주춤한 자세로 제자리에 정지했다. 여기 저기서 내던져진 짐이 풀썩풀썩 떨어지는 소리가 났다. 하늘이 노랗고 머릿속이 하얗게 텅 빈 듯했다.

아, 친구가 며칠 전에 당했고 나도 여기서 끝나게 되는구나.

탈북 안내원 계략에 속아 알거지...
드디어 남쪽땅에

[끝나지 않은 수업 5] 해주에서 쪽배 타고서 황해 건너다

이해할 수 없는 일이었다.

한여름 풀벌레 소리와 어디선가 들리는 짐승 우는 소리, 그리고 우리 일행이 저벅저벅 걷는 소리만 들리던 한적한 산길에서 느닷없이 북한 경비병들이 나타나다니…… 미리 매복하여 잡아들일 계획이었다면 우리가 수없이 지나쳐온 동네 길과 야트막한 야산 둘레길도 있었을 것을, 왜 오밤중에 그것도 민가도 없고 인적도 드문 험한 산길에서 매복했다 나타난단 말인가. 내심 의아한 생각이 들었다.

불현듯 이상한 생각이 든 것과 동시에 대열 후미에 엉거주춤 서 있던 안내원 남자를 휘둘러 쳐다보았다. 언뜻 플래시 불에 비친 그가 내 눈을 황급히 피하는 것이 보였다. 기가 막힐 일이었다. 결국, 해주역

에서 우리를 안내하고 자기 집에 사흘 동안이나 재워 준 그 남자 부부와 북한 경비병들이 파 놓은 함정에 걸려든 것이었다. 그렇다면 사흘 전에 떠난 친구를 포함한 다른 탈주자들은 어찌 되었단 말인가. 그리고 그때 들려온 총소리는 뭐란 말인가.

뒤늦게 깨달은 함정…… 앞이 캄캄했다

온몸에서 힘이 쫙 빠진 채 얼이 빠져있던 우리에게 북한 경비병은 음산하고 컬컬한 목소리로 가지고 있는 돈을 모두 앞에 던져 놓으라고 명령했다. 우리를 체포하기 위한 동작을 취할 줄 알고 덜덜 떨고 있던 차에 돈을 내놓으라니! 그제서야 나는 이들의 목적이 돈이란 생각이 들었고, 그렇다면 최악의 경우인 죽음은 면할 수 있으리라는 생각이 번개처럼 스쳤다. 그들은 짐 더미 위에 아무렇게나 던져진 돈 전대들을 미리 준비한 포대에 재빠르게 쑤셔 넣었다. 그러나 이게 끝이 아니었다.

그들은 우리를 하나씩 돌려세우고는 온몸을 뒤지기 시작했다. 두려움에 굳은 우리는 이들이 하는 대로 몸을 맡기는 수밖에 없었다. 내 앞으로 경비병이 다가왔다. 이마에서 땀이 솟고 심장이 쿵쿵거렸다. 그는 양손으로 내 허리춤을 요령껏 이리저리 만지작거리더니 슬며시

▲ 최근 올랜도 한 식당에서 만난 한도원 박사

미소를 지어 보였다. 뭔가 잡히는 것을 느낀 듯했다. 이윽고 허리춤에 둘려져 있던 돈 전대를 홱 잡아채듯 빼내서는 보란 듯이 내 눈앞에서 흔들어 보였다.

"으흠, 이 속에 제법 많은 돈이 들어 있겠군. 안 그래?"

나는 무슨 말인가를 하려 했으나 입술만 달싹거릴 뿐 말이 나오지 않았다. 눈앞에서 두 학기 등록금과 생활비를 포함한 3만 원이 사라져 버리는 순간이었으나 두려움으로 몸이 굳어 대꾸할 엄두를 내지 못한 것이다. 그 돈이 어떤 돈인가. 후창을 떠나기에 앞서 어머니가 이리 뛰고 저리 뛰며 마련한 돈이 아니던가. 당시 북한에서는 '붉은 화폐'와 남북 모두에서 사용할 수 있는 조선은행권 '원'이 통용되고 있었다.

그들은 우리 일행으로부터 꽤 만족할 만한 성과를 올린 탓인지 기분 좋은 내색을 애써 감추려 하지 않았고, 되려 동정하는 투로 우리가 갈 길을 가르쳐 주는 척하고는 유유히 어둠 속으로 사라졌다. 이제 내 수중에는 배낭 속에 넣어둔 약간의 비상금과 옷가지, 그리고 책 한 권만 남게 되었다. 앞뒤를 분간하기조차 어려운 숲 속 어둠이 우리를 깊은 절망 속으로 밀어 넣는 듯했다.

해주로부터 우리를 안내하고 숙박을 시켜주며 돈을 챙기고, 북한 경비병들과 짜고 다시 돈을 털어내 챙겼을 안내원 남자를 생각하니 분노가 치밀었다. 북한 경비병들과 사기꾼 안내원 남자도 사라진 상황에서 한동안 우리는 어찌할 바를 모르고 자리에 주저앉아 있었다. 누군가가 "총격을 당하거나 노동교화소에 끌려간 것도 아니니 천행 아닙네까. 뱃턱이 그리 멀지 않은 것 같으니 죽기 살기로 가봅시다래!" 하고 낮은 목소리로 말했다. 이심전심이었다.

덜덜 떨며 야밤 고깃배에 오르다

두려움 반 기대 반으로 우리는 북한 경비병들이 가르쳐 준 방향으로 발걸음을 옮기기 시작했다. 한 차례 위기를 겪었으니 뭔가 행운이 올 것이란 억지 기대감으로 우리는 숲 속으로 난 길을 한참 헤쳐나갔다. 한 시간쯤 걸어가자 비릿한 갯내음이 콧속으로 느껴져 왔다. 30여 분쯤 더 가자 드디어 달빛에 반사된 바다 물결이 춤을 추고 있는 광경이 우리 눈앞에 펼쳐졌다. 구불구불 곡선을 그리며 후미진 곳에 수십 척의 소형 고깃배가 아무렇게나 매어져 있는 모습이 눈에 들어왔고, 좀 더 멀리 바다 쪽 깊은 곳으로 제법 큰 고깃배들이 정박해 있었다.

우리가 바닷가로 가까이 다가가자 인기척이 들리더니 한 남자가 나타났다. 우리는 여차하면 도망갈 채비를 한 채 조심스럽게 그에게 접근했다. 내 친구 백군을 비롯한 탈출자들이 불과 사흘 전에 이곳에서 당한 일을 생각하니 뒤꽁무니에서 금방이라도 북한 경비원이 총을 들고 나타날 것만 같았다. 이번에야말로 행운이 따라주기를 마음속으로 기도했다. 남자는 조용히 따라오라는 듯 손바닥을 아래로 향한 채 손짓을 하며 잰걸음으로 배들이 매어져 있는 쪽을 향했다.

완만한 모래사장이 끝나고 50여 미터쯤 떨어져 있는 곳에 우리가 탈 배가 매어져 있었다. 우리는 가지고 있던 짐을 두 손으로 잡아 머리 위로 쳐들고는 물속으로 들어갔다. 한여름인데도 바닷물이 상당히 차가웠다. 물이 목까지 차오를 정도로 깊은 곳까지 가서야 겨우 배 앞에 도달했다. 짐을 던져 넣고 하나씩 차례로 올라타자 남자는 익숙한 솜씨로 노를 젓기 시작했다. 해안을 둘러싸고 있는 숲 속에서 꿩인지 매인지 모를 새들이 푸드덕 소리를 내며 날아가는 바람에 모두가 놀라서 가슴을 쓸어내렸다.

남자는 모래사장이 끝나는 지점에서 150미터 쯤 떨어져 정박하여 있는 동력선이 있는 쪽으로 조심스럽게 노를 저어 다가갔다. 서해를 건너 남쪽으로 여러 시간을 가기 위해서는 제법 규모가 있는 동력선으로 바꿔 타야만 했던 것이다. 남자가 동력선에 배를 바짝 대고는 갑판에 서 있던 남자에게 밧줄을 던져 붙들어 매게 했다. 이윽고 우리는 기우뚱거리는 고깃배에서 동력선에 한쪽 발을 걸치고는 조심스레 올라탔다. 배에 오르니 갑자기 온몸에 오한이 밀려왔다. 물에 빠진 생쥐 꼴을 하고있는 우리에게 오밤중 바닷바람은 한겨울 칼바람처럼 매서웠다.

갑판에서 우리를 기다리던 남자가 어서 가라는 듯 등을 떠밀며 배 아래 쪽 짐칸으로 안내했다. 조심스레 사다리를 타고 좁다란 통로로 내려가자 퀴퀴한 냄새가 확 풍겨 오며 인기척이 느껴졌다. 그곳에는 이미 10여 명의 다른 탈출자들이 웅크리고 앉아서 우리가 내려오고 있는 것을 불안한 기색으로 쳐다보고 있었다. 선장인 듯한 남자가 주변에 경비선이 돌고 있으니 찍소리 말고 가만히 있으라며 단단히 주의를 시켰다. 바닷가에는 크고 작은 배들이 떠 있었고, 일정한 시간을 두고 경비선이 순찰을 하고 있는 듯했다.

몇 분이 지나자 우리를 태운 동력선이 소리를 작게 죽인 채 서서히 움직이기 시작했다. 짐칸 통로 위로 휘영청 밝은 달이 보석 같은 빛을 발하며 떠 있었다. 천근만근 무거워진 몸을 벽에 기댔다. 이제 드디어 남쪽으로 향하는구나 하는 생각이 들며 스르륵 눈이 감겨왔다. 잠시 걱정스러운 모습을 하는 어머니의 모습이 보이더니 시커먼 턱수염을 한 로스케들이 무표정한 얼굴을 하고 나타나기도 했고, 친구 백군이 혼비백산하여 어디론가 허겁지겁 달려가는 장면도 나타났다.

"남쪽 땅입니다, 여러분은 이제 살았습니다!"

얼마쯤 지났을까. 갑자기 배 밑창에서 스크루가 돌아가는 소리가 심하게 들리더니 배가 이리저리 방향을 트는 느낌에 잠을 깼다. 그러더니 갑판 위에서 짐칸 아래쪽 통로를 타고 선장의 목소리가 들려왔다.

"다 왔습니다. 여기는 남쪽 땅입니다. 여러분은 이제 살았습니다. 하나씩 위로 올라오세요!"

그곳이 정확히 어디인지는 기억나지 않지만 드디어 우리는 남쪽 땅에 도착한 것이다. 여기저기 결리고 쑤시던 온몸에 아연 생기가 돌았다. 지나온 날들이 꿈만 같았다. 나도 모르는 사이에 "하느님 감사합니다, 조상님 감사합니다." 소리가 절로 나왔다. 우리는 누구랄 것도 없이 서로의 손을 잡고 기쁨의 눈물을 글썽였다.

배에서 내리기 위해 갑판 위에 오르자 바닷가 저편에서 먼동이 트고 있었다. 나는 그때의 상쾌한 바닷바람을 평생 잊지 못한다. 배낭을 어깨에 멜 틈도 없이 끈을 움켜쥐고는 한달음에 배에서 내려와 건너온 서해를 잠시 바라다보았다.

압록강 변 우리 마을을 떠나올 때 막막하기만 했던 여행, 해주 산간 오두막을 떠나 산중에서 북한 경비병을 만났을 때 눈앞이 캄캄하기만 했던 여행, 그리고 불과 몇 시간 전 해주 어촌 모래사장에서 오금을 저리며 덜덜 떨리는 발걸음으로 고깃배에 올랐던 '위험한 여행'을 끝내고 드디어 삼팔선 남쪽 땅 바닷가에 선 것이다.

그러나 이건 시작일 뿐 내 앞에는 또 다른 여행이 기다리고 있었다.

2부

해방이후 혼란의 세월
그리고
파란만장한 삶이 기다리다

독실한 기독교 신자인 그녀가 막 미국행 비행기에 오르기 전 내게 남긴 말은 두고두고 잊혀지지 않는다.
"도원아, 나는 성경에서 늘 기적 이야기를 읽었단다. 그런데, 너는 '눈으로 보는 기적'이었어. 너를 보면서 늘 기적을 보았 단다. 하나님이 너를 돌보실 거야. 건강히 잘 다녀오너라!"

"숙식 제공해 준다"
서북청년단에 가입하다

[끝나지 않은 수업 6] 개성 피난민 수용소 탈출 후 서울로

북에서 타고 온 고깃배에서 내린 우리가 처음 만난 남한 사람들은
경찰이었다. 주변에 진을 치고 있던 경찰들이 다가오더니 우리를 한
곳에 모이게 했다. 그러더니 유엔이 운영하는 피난민 수용소에 가야
하니 질서정연하게 대오를 맞춰 따라오라고 했다. 아직은 얼떨떨한
기분이었다. 얼어붙은 표정을 한 우리는 열을 맞춰 그들을 따라나섰
다. 우리의 목적지는 개성인 듯했다. 한국전쟁이 일어나기 전 개성은
남쪽 땅이었다.

여러 마을을 지나는 동안 논밭에서 일하던 농부들과 동네 아이들
이 짐짓 흥미로운 표정으로 우리 일행을 바라다보았다. 안도감이 들
어서인지 우리가 지나쳐온 마을들은 평화롭고 안온하게 느껴졌다. 매

미와 왜가리 우는 소리, 논두렁에서 개구리와 맹꽁이 뜸부기 우는 소리가 엇박자를 맞추며 가는 길을 재촉했다.

▲ 최근 올랜도 자택 앞에서 포즈를 취한 한도원 박사

막 벼 이삭이 고개를 숙이고 있는 논에는 드문드문 허수아비가 세워져 있었고 종종 어디에선가 '훠이! 훠이!' 소리를 내며 새 쫓는 소리가 들려왔다. 고향 마을의 어린 시절이 떠올랐다.

내가 살던 평북 후창은 지대가 높은 산간 지역이긴 했으나 마을 앞쪽으로 넓은 평야가 펼쳐져 있어서 논농사를 크게 짓는 사람들이 많았다.

어린 시절 메뚜기를 잡는다며 논두렁을 살금살금 걷다가 벼 속에 파묻혀 피살이를 하던 동네 아저씨가 '거기 뉘김매!' 라고 소리치는 바람에 소스라치게 놀라 도망쳤던 일이 떠올랐다.

피난민 수용소에서 '디디티 세례'를 받다

두세 시간쯤 걸었을까. 군데군데 국방색 군대 막사가 둘러쳐져 있고 임시 건물인 듯한 벽돌 건물 몇 채가 세워진 개성 변두리 마을에 도착했다. 유엔이 운영한다는 피난민 수용소였다. 그런데 우리가 도착하자마자 기다리고 있었다는 듯이 미군들이 스프레이 통을 들고 나타나더니 양팔을 위로 올리게 하고는 디디티(DDT)를 마구 뿌려대기 시작했다. 그 당시에는 이와 서캐가 득실득실하던 시절이었다. 우리는 디디티 가루를 뿌옇게 뒤집어쓴 채 캑캑거리며 간이 식당으로 안내됐다. 오랜만에 맛보는 빵과 수프를 받아서 들어 허겁지겁 허기를 채웠다.

피난민 수용소에는 우리 말고도 이미 많은 사람이 기거하고 있었다. 며칠을 지내면서 곧 알게 된 사실은, 서울에 친척이 없는 사람들은 기약 없이 심사를 기다리고 있다는 것이었다. 그리고 머지않아 상당수의 피난민을 지방의 다른 수용소로 이동시킬 것이란 소문이 나돌았다. 난감했다.

나는 서울에 친척이라곤 없었고 어머니가 만나보라고 한 사람들은 아버지의 친구들이었다. 기껏 죽을 고생을 해서 이곳까지 왔는데 기약 없이 이리저리 옮겨 다녀야 하다니……. 수중에 남아 있는 돈은 없었고 늘 배고픔에 시달려야 했던 처지에 낙심천만이었다.

그러나 뜻밖에 수용소를 빨리 벗어날 기회가 찾아 왔다. 수용소에서 내 또래의 소년과 사귀게 됐는데, 그는 서울에 친척이 있어서 연락을 해 달라고 수용소에 부탁했으나 소식은 없고 마냥 기다리고만 있다고 했다. 그는 어느 날 막사 으슥한 곳으로 나를 불러내더니 귓속말로 자신의 탈출 계획을 넌지시 말해줬다. 귀가 번쩍 뜨였다.

친구에게 나를 끼어달라고 요청했고, 그는 흔쾌히 그렇게 하자고 했다. 며칠 후 친구와 나는 모두가 잠든 틈을 타서 수용소를 빠져 나와서는 기차역으로 내달렸다. 가는 중에 마주친 사람들이 여럿 있었으나 나이 어린 우리를 주목하는 사람들은 거의 없었다.

다행히 서울행 기차역에 도착은 했으나 수중에 기차표를 살 돈이 없었던 우리는 도둑 기차를 타기로 했다. 개찰구에서 멀리 떨어진 곳으로 걸어가 기차가 서기를 기다렸다.

이윽고 서울행 기차가 시커먼 연기를 뿜으며 길게 늘어선 틈을 타서 우리는 허리를 숙인 채 재빨리 철제 울타리를 넘었다. 그리고는 막 열차에 올라타려는 승객들 틈에 잽싸게 끼어들었다.

서로가 서둘러 열차를 타려는 터에 우리를 눈여겨보는 사람들은 없었다.

친구와 '도둑 기차'를 타고 서울로

우리는 서울에 도착할 때까지 여러 차례 '쥐와 고양이' 게임을 해야만 했다. 저만치에서 제복을 입은 검표원이 다가오는 것이 보이면 뒤쪽으로 슬금슬금 도망치다가 화장실에 숨거나, 열차가 정거장에 서면 얼른 내려서는 출구 쪽으로 걷는 척하다가 슬그머니 뒤돌아서서 다음 열차 칸으로 옮겨타곤 했다. 가슴을 졸이기는 했지만 어린 마음에 은근히 장난기가 발동했던 것이 기억난다.

서너 시간쯤 달렸을까. 드디어 서울역에 가까이 온 모양이었다. 열차가 역사 가까이에서 끼익 소리를 내며 속도를 줄이자 안내 방송이 흘러나왔다. "서울여억! 서울여억!" 얼마나 듣고 싶었던 소리인가. 평안도 후창 내 고향에서부터 꿈에도 그리던 서울에 온 것이다. 산야를 헤매며 죽을 고비를 넘기고 2년여의 등록금과 생활비를 몽땅 털린 일과, 덜덜 떨며 조각배와 동력선에 올라 널부러진 송장처럼 실려서 서해를 건너고, 디디티를 뒤집어쓰고 낙심의 나날을 보냈던 수용소 생활 등이 언제 일이냐 싶게 환희에 젖어들었다.

역사(驛舍)에서 걸어 나오면서 본 서울은 듣던 대로 오가는 사람도 엄청나게 많았고 크고 작은 빌딩들이 숲을 이루고 있었다. 서울은 촌동네 소년에 불과한 우리가 보기에 휘황찬란했다. 여기저기 음식을 파는 장사꾼들이 즐비하게 진을 치고 있는 모습이 보이자 엄청나게 배가 고파왔으나 돈이 없어 눈요기만을 해야 했다. 너무 배가 고픈 나머지 역사 화장실 세면대로 달려가 수돗물을 들이켜는 것으로 배를 채워야 했다. 그날 저녁 우리는 서울역 대기실 구석에서 굶주린 배를 부여잡고 웅크린 채로 잠을 청했다.

다음 날 아침, 친구는 삼촌 집을 찾아 나설 생각이라며 나와 함께 가자고 했다. 모든 것이 어리둥절하고 아무런 대책이 없었던 나는 친구의 제안이 고맙기만 했다. 다행히 친구의 삼촌 집을 찾는 데는 그리 많은 시간이 걸리지 않았다. 친구의 삼촌은 우리의 갑작스러운 방문에 깜짝 놀라며 반가워했다.

▲ 구 서울역의 모습

삼촌은 한상 푸짐하게 점심밥을 차려 먹이고 자초지종을 듣고는 벌린 입을 다물지 못했다. 어린 나이에 산을 넘고 대해를 건너 북한을 탈출한 이야기는 누구에게나 경이로웠을 것이다. 점심을 먹는 중에 친구의 삼촌은 광화문 한복판에 '서북청년단' 이라는 단체가 있다면서 그곳에 찾아가면 숙식을 제공해 줄 것이라고 일러 주었다. 점심을 먹는 즉시 나는 그 단체를 찾아가 보기로 했다.

서울 시내 곳곳은 활기에 넘쳐 있었다. 젊은 남녀 학생들이 전차에서 오르고 내리는 모습들, 한복 두루마기를 입고 길을 가는 노인들, 중절모를 쓰고 지나가는 중년 남성들, 양장을 맵시 있게 차려입고 지나가는 여성들의 모습이 눈에 들어 왔다. 엿이나 떡, 과일을 파는 노점상들이 손님을 붙잡는 모습도 보였다. 종종 미군 트럭이 경적을 울리며 지나치기도 했다. 호기심 어린 눈으로 이것저것 구경하다 어렵지 않게 '서북청년단' 이라는 간판을 내건 건물을 찾아낼 수 있었다.

"숙식 제공해 준다", 반공 단체에 가입

노크를 하자 한 청년이 고개를 삐죽 내밀고 무슨 일로 왔느냐고 물었다. 간단하게 북한에서 탈출한 자초지종을 들은 그는 손짓을 하며 나를 건물 안으로 들게 했다. 가구가 갖춰진 큰 방 안에는 많은 청소년이 여기저기 누워 있거나 삼삼오오 떼를 지어 얘기를 나누고 있었다. 그들은 내가 들어서는 것을 보고는 우르르 곁으로 몰려들었다. 내 얘기를 듣기 위해서였다. 내가 누구인지, 왜 어떻게 이곳으로 왔는지를 대략 설명하자 모두가 놀라는 표정이었고 잘 왔다며 격려해줬다.

그들 가운데 리더로 보이는 청년이 내게 서북청년단에 가입 서약을 하면 숙식을 해결하는 것은 아무 문제가 없다고 했다. 나중에서야 알게 되었지만, 서북청년단은 북한 탈출자 중심의 극렬 반공 단체였다. 별다른 선택의 여지가 없었던 나는 일단 그 단체에 가입해 활동하기로 했다. 당장의 배고픔과 잠잘 곳을 해결해 준다니 고마울 뿐이었다.

별로 하는 일은 없이 불안하고 어수선한 일상을 보내던 어느 날, 나에게 호출 명령이 떨어졌다. 여러 명의 청년과 군용 트럭에 올라타고 시내를 질주하며 반공 구호를 외치거나 반공궐기대회에 참석하는 일이었다. 이내 회의가 들기 시작했다. 특정 사상에 빠지기에는 아직 어린 나이이기도 했지만, 부잣집 장남으로 곱게만 자라온 터에 사상 논쟁에 몸을 던져 외치고 다닐 만한 체질은 못 됐다.

더구나 북에 있을 때 그렇게 순진하기만 하던 어렸을 적 친구들이 "김일성 장군 만세!", "자본주의 타도하라!"며 외치고 다니던 모습이 떠올랐다. 북에 있을 때 어수선한 분위기가 왠지 싫어서 천신만고 끝에 남쪽으로 온 내가 다시 사상싸움의 또 다른 끝에 마주 서서 목소리를 높여야 하나 싶은 후회가 밀려왔다.

후창강 마루턱에서 글썽이는 눈으로 마지못해 나를 떠난 보낸 어머니가 바라던 일이 결코 아니었다. 어린 마음에도 내가 갈 길이 아니란 생각이 들었다.

어느 날 나는 아무에게도 말하지 않고 그곳을 미련 없이 빠져나왔다. 이제 찾아 나설 곳이 고향을 떠나올 때 어머니가 "정말 어려울 때 도움을 청하라"며 일러준 아버지의 친구들 집이었다. 어머니가 당부하기도 했지만, 나 자신도 누군가에게 폐를 끼치는 일이 끔찍하리만치 싫었으나 어쩔 수 없는 일이었다.

나는 사상싸움을 하러 남쪽에 내려온 것도, 내 한목숨을 건져 보려고 내려온 것도 아니었다. 그저 내가 하고 싶은 공부를 하러 내려온 것이고, 그 목적을 달성하는 것이 최우선 순위였다. 평생 누군가에게 아쉬운 소리라곤 해보지 않고 대접만 받고 살아온 나는 무거운 발걸음으로 누군가의 도움을 요청하러 나서게 되었다.

찾아간 아버지 친구집 "북으로 다시 돌아가라"

우선 어머니가 건네준 아버지 친구들의 명단 가운데 맨 위에 있는 분의 집을 찾아 나섰다. 몇 차례 이리저리 물어서 아버지의 친구 집을 찾아냈다. 제법 규모가 있어 보이는 한옥 앞에서 문을 두드리자 멋진 신사복 차림의 남자가 나를 맞이했다. 내가 누구인지를 밝히고 북한을 탈출하여 온 사정을 대략 말하니 반갑게 맞이해 주시고 풍성한 밥상을 차려 주었다.

그러나 식사를 마치자마자 그가 내게 한 말은 가히 충격이었다. 다시 북으로 돌아가는 것이 최선이라고 했다. 사선을 넘어온 친구의 아들에게 다시 북으로 가라니. 무책임하고 무성의한 말이었다. 아버지가 북에서 행방불명됐고, 어머니가 고심 끝에 나를 남으로 보내며 믿거라 하고 보내서 어렵사리 찾아 왔건만 간단하게 되돌아가라는 말을 하는 그가 야속했다.

그는 나를 엮이고 싶지 않은 골치 아픈 존재로 여기는 눈치였다. 첫 번째 찾아간 아버지 친구 집에서 넌지시 거절을 당하자 맥이 빠졌으나 어쩔 수 없는 일이었다. 두 번째 친구 집을 찾아 나서기로 마음을 고쳐먹었다.

그러나 두 번째 찾아간 아버지 친구에 비하면 첫 번째 친구는 그나마 나은 편이었다. 두 번째 찾아간 아버지의 친구는 제법 큰 규모의 무역회사 사장이었다. 소파에 앉아 내게서 건성건성 자초지종을 듣던 그의 눈빛이 매우 차갑다는 것을 느끼는 데는 그리 긴 시간이 필요치 않았다.

잠시 일할 곳과 머물 곳을 머뭇머뭇 요청한 나를 길거리의 거렁뱅이 정도로 취급하는 것을 금방 눈치챌 수 있었다. 모멸스럽고 창피한 생각이 들어 얼른 그의 사무실을 나와 버렸다. 어머니가 장남을 부탁할 정도였다면 그래도 가까운 사이였을 터인데…. 세상인심이 각박하다는 것을 처음 느낀 순간이었다.

막막하고 처량하다는 생각과 더불어 겁이 덜컥 나기도 했다. 선뜻 세 번째 아버지 친구 집을 찾아 나설 용기가 나지 않았다. 밖은 어둑어둑 땅거미가 지고 있었고 다리는 후들거렸다.

보름 공부해 편입 합격...
탈북소년의 두 번째 기적

[끝나지 않은 수업 7] 따뜻하게 보듬어준 의사 부부

믿거라 하고 찾아간 아버지의 두 친구로부터 냉대를 당하고 쫓겨나듯 길거리로 나서자 화려하기만 했던 서울 거리가 그렇게 황량해 보일 수가 없었다. 서울은 아무도 나를 반기지 않는 도시란 생각이 들었다. 갑자기 두고 온 고향 집과 어머니 생각이 나면서 목이 잠겨 왔으나 꾹 참고는 머리를 세차게 흔들었다.

내가 지금 무슨 생각을 하고 있는 건가. 이제 나는 더 이상 부잣집 장남도 아니고, 책만 읽던 서생도 아니지 않은가. 어스름 저녁, 수심에 찬 얼굴로 떠나 보내던 어머니에게 결의에 찬 표정으로 "걱정하지 말라"며 트럭에 올랐던 내가 아닌가. 갑자기 어머니의 얼굴이 떠오르자 나락으로 떨어지는 듯하던 마음이 추스려졌다.

다시 쪽지를 펴들어 세 번째 아버지 친구 이름을 나직이 읊조리면서 발걸음을 옮겼다. 그런데 그 이름을 되뇌다 보니 왠지 익숙하다는 생각이 들었다. 많은 손님이 우리 집을 드나들었기 때문에 이름을 기억하기는 쉽지 않았을 터였다.

　다시 종이쪽지를 들여다보니 이름 옆에 주소와 함께 '의사'라고 적혀 있었다. 그때야 어렴풋이 '의사 아저씨'의 얼굴이 떠올랐다. 조용하고 부드러운 모습의 그 아저씨라면 혹 나를 반기지는 않을까 하는 기대감이 생겼다.

　의사 아저씨가 일하고 있는 병원은 아무나 붙잡고 물어도 알 정도로 찾기가 쉬웠다. 얼핏 보아도 병원의 규모가 상당히 크다는 것을 느낄 수 있을 정도였고 안팎으로 간호사들과 직원으로 보이는 남자들이 바삐 움직이는 모습이 보였다. 현관 안으로 들어서니 꼬불꼬불 긴 줄을 만들 정도로 환자들이 장사진을 이루고 있었다. 안내 데스크에 가서 찾는 이름을 대니 여직원이 손짓으로 이리저리 찾아가라고 일러주었다.

　그의 사무실은 병원 규모에 비해 초라할 정도로 작았다. 살짝 열려 있는 문 앞에 다가가서 조심스럽게 문을 두드렸다. 슬며시 문 안쪽으로 고개를 들이밀자 책상 앞에 앉아 뭔가에 열중하고 있던 중년 남성이 고개를 들고 정면을 바라봤다. 그는 잠시 나를 멍하니 바라보더니 "네가 웬일로 여기에 서 있는 거냐?"면서 깜짝 놀라는 표정을 지어 보였다. 나는 그때야 그가 우리 집 별채에서 여러 해 동안 함께 지냈고 아버지가 상당히 아끼던 아저씨였다는 것을 확실하게 기억해냈다.

그는 일찍이 의대를 졸업하고 우리 지역의 보건소에서 묵묵히 봉사하던 엘리트 의사였다. 나는 동갑내기이던 그의 아들과 함께 유치원을 다녔었다. 우리 식구들이 크고 작은 병환이 생겨 보건소에 찾아가면 특별 대우를 해주곤 했다. 언젠가 손아래 동생이 동네 뒷산에서 놀다 다치고 들어왔을 때 겉옷을 들추어 여기저기를 만져보며 치료해주고 머리를 쓰다듬어 주던 장면이 떠올랐다. 어머니는 그의 가족들을 좋게 여겨 명절 때면 음식을 챙겨다 줬고, 이런저런 편의를 제공해줬었다.

고향집 별채 '의사 아저씨' 부부의 환대

나는 온갖 의학서적들과 잡동사니로 뒤섞여 있는 그의 사무실 간이 의자에 앉아서 지난 수 주일 동안 겪었던 북한 탈주 과정을 들려줬다. 그는 놀랍고 안타깝다는 표정을 번갈아 지으며 믿을 수 없다는 듯 벌린 입을 다물지 못했다.

그가 부드럽고도 진지하게 내 말을 경청하고 있는 것을 알고는 좋은 예감이 들었다. 탈주 과정과 이런저런 우리 집안 소식을 다 들은 그는 아내에게 연락을 해두겠다며 당장 자기 집으로 가서 짐을 풀고 쉬라고 했다.

찾아간 그의 집은 한눈에 보기에도 굉장한 크기의 저택이었다. 대문을 두드리니 식모로 보이는 듯한 여자가 나오더니 무슨 일로 왔느냐고 통명스럽게 물었다. 의사 아저씨가 일러줘 찾아왔다는 이야기를 들은 그녀는 금방 부드러운 표정으로 따라오라는 손짓을 했다.

안채에 도달하는 동안 세 개의 문을 거치자 고급스럽고 맵시 있게 옷을 갖춰 입은 여자가 마루 위에서 나를 내려다보고 있었다. 의사 아저씨 부인이었다. 그녀는 반색하며 "아니, 도원이 아니냐?"며 마루 아래로 달려 내려왔다. 목소리를 듣고서야 그녀의 낯이 익어 보였다. 종종 아들 이름을 부르며 우리 집 안채를 기웃거리던 그 얼굴이었다.

그녀가 부드럽고 환한 미소로 반갑게 맞이하는 것을 느끼고는 비로소 안도감이 들었다. 그녀는 식모에게 우선 허기를 채우라며 맛깔스러워 보이는 만두를 내오게 했다. 그녀는 평안도 후창 우리 집 별채에서 살 때 나의 부모님이 편의를 제공하고 후한 대접을 해줬던 일들을 말하며 안정이 될 때까지 자신의 집에 기거해도 좋다고 했다. 유치원 동무였던 꾀복쟁이 친구도 나를 반갑게 맞이해 오랜만에 밤을 새워 도란도란 얘기꽃을 피우며 회포를 풀었다.

세 번째 아버지 친구의 집에서 며칠을 푹 쉬며 지내다 보니 지금껏 헤쳐나온 길들이 아득하기만 했다. 마음이 어느 정도 안정이 돼 아침

저녁으로 동네 고샅을 산책하기도 했다. 그러던 어느 날, 가슴 설레게 하는 '빅 뉴스'를 접하게 되었다.

경복고등학교에서 편입생을 뽑는다는 소식이었다. 그 당시에 경복고는 전국의 내로라 하는 수재들이 꿈꾸던 학교들 가운데 하나였다. 신문에 난 편입생 모집 공고를 의사 아들 친구에게 보여주며 응시할 뜻을 내비치자 그는 농담하지 말라는 반응을 보였다.

다음날 나는 1시간 이상 걸어서 경복고등학교에 찾아가 응시원서를 접수했다. 편입시험은 그날부터 보름 후에 있을 예정으로 시험과목은 영어였다. 영어 공부라고는 중학교 1, 2학년 때 배운 것이 전부였다. 제법 공부를 잘한다는 칭찬을 집 안팎에서 들으며 중학교에 다니기는 했지만 심신이 지쳐 있었고, 날고 긴다는 전국의 수재들과 견줄 것을 생각하니 겁부터 덜컥 났다.

기왕 던져진 주사위니 어쩔 수 없는 일이었다. 고심을 거듭하다가 목숨과 바꿀 정도로 위험한 순간에 쓰려고 꼬깃꼬깃 꿍쳐둔 돈이 생각났다. 나는 일단 서울 시내의 영어 학원 단기 코스에 등록하기로 했다. 그리고는 밤낮으로 매달렸다.

어떻게 지냈는지 모르게 시험일이 다가왔다. 시험 당일 아침 고사장에 가보니 20명의 편입생 모집에 전국에서 모여든 수백 명의 학생으로 꽉 차 있었다. 시험은 무사히 잘 치른 것 같았다. 이미 저지른 일이니 하늘에 맡기는 수밖에 없는 일이었다. 합격자는 일주일 후에 학교 게시판에 공고될 예정이라고 했다.

발표일을 앞두고 내 머릿속은 멋진 교복을 입고 등교하는 모습으로 꽉 차 있어서 밥을 먹는지 걸음을 옮기는지 모를 정도였다. 혹 합격할지도 모르겠다는 가느다란 희망이 생기는가 하면, 금세 말이 안 된다는 생각이 들기도 했다.

보름 공부해 꿈꾸던 학교 편입시험에 합격

드디어 발표일 아침이 밝았다. 발표장으로 가는 내내 방망이질로 요동을 치고 있는 가슴을 진정시키느라 애썼다. 교문을 통과하여 게시판 가까이에 다가가니 웅성거리는 소리가 들렸다. 겹겹이 층을 이루고 있는 사람들 등 뒤에서 슬그머니 상체를 들이밀고는 게시판을 빠른 속도로 훑었다.

눈물이 왈칵 쏟아져 내리기 시작했다. '한 도 원.' 거기에 내 이름 석 자가 있었다. 흐려진 눈을 들어 다시 게시판을 보았다. 틀림없었다. 내가 경험한 '두 번째 기적'이었다. 야밤에 배를 타고 서해를 건넌 첫 번째 기적보다 기쁨이 더 컸다. 어머니와 아버지가 이 장면을 직접 보셨다면 얼마나 기뻐하셨을까. 가슴이 터질 듯했다.

의사 아저씨 식구들은 내가 경복고에 합격했다는 말을 듣고 기적

같은 일이라며 축하해줬
다. 그런데 기쁨도 잠깐,
곧바로 걱정이 밀려왔다.
자그마치 4,000원에 이르
는 등록금을 마련할 길이
막막했던 것이다. 후창 고
향 집을 떠나기 전에 어머
니가 돈 전대를 만들어 꾸
려준 3만 원을 산중에서
북한 경비원에게 고스란
히 털린 일을 다시 생각하
니 부아가 치밀어 올랐다.
그 돈만 있었다면 2학기
등록금을 내고도 남았을
것이고, 아버지 친구 집들

▲ 경복고등학교에 입학한 직후 찍은 사진. 나는 이 사진을 북한의 부모님께 인편으로 보냈다. 그리고 무려 43년이 지난 1989년 북한의 부모님이 북한을 왕래하던 캐나다의 한 교민을 통해 캐나다 한인신문에 나를 찾는 광고를 냈는데, 그 신문에 내가 북으로 보낸 이 사진이 올라 있었다.

을 전전하며 구걸꾼 취급을 받는 대신에 어엿한 하숙집에 들어 있을
터였다.

며칠 동안 근심이 머리를 무겁게 짓눌렀다. 다시 아버지 친구들과
고향의 선후배들까지 찾아 나서기로 했다. 그러나 한결같이 '합격을
축하한다' 는 말은 했으나, 등록금은 빌려주지 않았다. 그들 가운데는

제법 잘 나가는 회사 사장도 있었고, 취직하여 번듯하게 살고 있는 사람들도 있었으나, 돈에 관한 한 엮이고 싶어 하지 않았다.

입학식이 바로 다음 날로 다가왔는데도 등록금을 마련하지 못하자 미칠 것만 같았다. 절망감으로 밤새 뒤척이다 날을 새웠다. 아침을 먹는 둥 마는 둥 방 안으로 들어와 대자로 방바닥에 누워 천정을 물끄러미 바라보며 처량한 신세를 한탄했다.

그때 방문 밖에서 "도원아, 오늘이 입학식 가는 날 같은데 왜 학교에 가지 않느냐?"며 친구의 어머니가 물었다. 벌떡 일어나 앉아 "등록금이 없어 포기해야 할 것 같습니다"라고 하자 "왜 그걸 이제 얘기하느냐, 부모님이 알면 얼마나 슬퍼하시겠냐"고 말하며 나오라고 했다.

그녀는 수중에 남은 돈이 얼마나 남아 있는지를 내게 물었다. 기어들어가는 목소리로 40원 정도 남아 있다고 하자 딱하다는 표정으로 끌끌 혀를 차더니 "두 번째 학기는 모르겠으나 첫 학기 등록금은 어떻게 마련해 보겠다"면서 기다리라고 했다.

그녀는 얼마 되지 않아 어디서 구했는지 신문지로 똘똘 말아 묶은 돈뭉치를 건네주며 "이거면 첫 학기 등록금은 될 수 있을 것 같으니 우선 등록부터 해라"고 재촉했다. 이게 무슨 일인가 싶었다. 숙식을 제공해 준 것도 모자라 언제 돌려 달라는 말도 하지 않고 아버지와의 친분만으로 첫 학기 등록금을 대주겠다니. 나는 글썽이는 눈으로 거듭 감사를 표하고는 그 길로 돈을 들고 학교로 달려갔다.

학교 사무처에 등록금을 내고 나니 하늘을 나는 듯한 기분이었다. 학교 사무처 직원은 내가 편입생 합격자 가운데 마지막으로 등록한 학생이라며 빨리 강당으로 가보라고 했다. 강당 안에서는 나를 제외한 합격생들이 자리를 잡은 가운데 입학식이 막 진행되고 있었다.

이렇게 해서 초장부터 암울한 듯 보였던 나의 남한 생활은 '천사 부부'의 뜻하지 않은 은혜 갚기로 극적 반전을 이루며 기대에 부푼 출발을 하기에 이르렀다.

세상에서 가장 어려운 그 말,
'찹쌀떡'

[끝나지 않은 수업 8] 극한의 배고픔… 난생처음 '하느님'께 기도하다

입학식을 무사히 마치고 등교가 시작되었으나 걸리는 일이 한 둘이 아니었다. 이미 숙식을 제공받고 있고 첫 학기 등록금까지 마련해준 의사 아저씨 부부에게 더 이상 부탁을 한다는 것은 염치없는 일이었다. 당장 머리카락이 길어도 이발소에 갈 돈도 없었고, 신발에 구멍이 나서 발가락이 삐져나올 정도가 되었어도 새 신발을 살 수도 없었다.

다른 친구들은 전차표를 끊어서 아무런 거리낌 없이 학교를 오갈 때에도 걸어서 등교를 해야 했다. 나는 북아현동에서 효자동 끝까지 걸어서 등교를 했는데, 어느 날부터 길바닥을 유심히 살펴보며 걷기 시작했다. 혹 누군가가 잃어버린 전차표를 줍는 행운이 오지 않을까 해서였다.

수업 시간이든 쉬는 시간이든 나는 어떻게 하면 돈을 마련할까 궁리에 궁리를 거듭했으나 딱히 방도가 떠오르지 않았다. 부잣집 장남으로 부러울 것 없이 대접만 받고 자라온 처지였으니 돈이라는 것이 어디서 어떻게 흘러가는지 감이 잡히지 않았다. 어느 날 우연히 급우가 자기 친한 친구가 떡 장사를 해서 학교에 다닌다는 것을 흘려 말하는 걸 듣고는 귀가 번쩍 뜨였다.

나는 그 친구에게 나를 소개해 달라고 했다. 친구는 어리둥절한 표정으로 내게 무슨 사정이 있느냐고 물었다. 곱상하게 생긴 내 외모를 보아서는 그 같은 일을 할 처지가 아닌 것으로 여겼기 때문이었다. 북에서 탈출해 온 저간의 사정을 말하자 그는 충격을 받은 듯했다. 경복고등학교에 다니는 대부분 급우들은 부잣집이나 유력한 집안의 자제들이었고 나도 그들 가운데 하나로 보인 것이다.

세상에서 가장 어려운 단어 '찹쌀떡'

다음 날 수업을 마치고 떡 장사를 한다는 친구를 만났다. 그는 어느 골목길로 나를 안내하더니 키가 크고 인상이 좋아 보이는 다른 소년을 소개해 주었다. 나보다 약간 어린 듯 보였으나 여유 있고 눈이 번뜩거리는 것으로 보아 떡 장사에 이력이 붙은 친구 같아 보였다. 그는 당장 내가 떡 장사를 시작할 수 있으나, 떡을 판 대금의 25%만 내가 갖고 나머지는 자기에게 주어야 한다고 했다.

엄청난 폭리였으나 선급 보증금을 요구하지 않은 것을 다행으로 여기며 흔쾌히 그의 제안을 받아들였다. 땡전 한 푼 없는 처지에서 뭔가 돈이 되는 일을 시작한다는 것이 기쁘기만 했다. 그는 첫날이니 조금만 팔아 보라며 자신이 가지고 있던 떡 더미에서 몇 개를 부지런히 조그만 나무 상자에 담아 주었다. 나는 면 끈이 달린 나무상자를 목에 매고 용감하게 서울 시내 한복판으로 나섰다.

수십 년이 지난 지금도 그날 저녁의 악몽을 나는 뚜렷이 기억한다. 첫날 나의 비즈니스는 처참했다. 그 친구 말대로 사람들의 왕래가 빈번한 을지로 육정목 번화가에 가기는 했으나 그처럼 쉽게만 보이던 "찹쌀 떠~억!"이라는 말이 입에서 나오지 않았던 것이다. 초저녁부터 찹쌀떡 상자를 매고 이리저리 왔다 갔다만 할 뿐 소리를 질러대지 못했다. 오히려 누군가가 내 모습을 볼라치면 떡 상자를 얼른 감추는 동작이 나도 모르게 나올 지경이었다. 결국 밤 11시까지 단 한 개도 팔지 못하고 낙심한 채 집에 돌아와야 했다.

둘째 날도 거의 마찬가지였다. 북아현동 의사 아저씨 집에서 을지로 육정목 부근까지 걸어가서는 떡판을 매고 이리저리 돌아다니기만 했을 뿐 '찹쌀떡'이라는 세 마디 단어를 외칠 수가 없었다. 세상에 그 단어만큼 어려운 단어가 또 있을까 싶었다.

집에 돌아와 윗목에 떡판을 내려놓고 쉬다 이런저런 생각이 떠올랐다. 내 목구멍 하나 스스로 챙기지 못할 정도로 용기가 없는 자신이 갑자기 부끄러워졌다. 이처럼 어려운 처지에서조차 부유한 집안의 장남티를 내는 나 자신이 한심하다는 생각이 들었다. 어떻게든 내일은 용기를 내리라 하고 잠자리에 들었다.

다음 날 수업이 끝나자마자 미리 마음먹은 대로 '떡 장사 연습'을 하기로 했다. 나는 스스로 다짐했다.

"한도원, 네 장래는 아주 간단하게 '찹쌀떡'이라는 단어를 외칠 수 있느냐 없느냐에 달려 있어. '찹쌀떡' 한마디를 외쳐야만 등록금도 벌 수 있고, 이발도 할 수 있고, 신발도 살 수 있단 말이야!"

일단 어두운 골목을 찾아들었다. 그리고는 "찹쌀 떠~억!"이라고 외치기 시작했다. 처음에는 작은 목소리로 하다가 나중에는 에라 모르겠다 하는 심정으로 큰 소리로 외쳤다. 몇 번 외치고 나니 속이 후련해지면서 조금은 자신감이 생겼다. 대로변을 향해 걸으면서는 입으로는 연신 찹쌀떡을 되뇌었다.

드디어 을지로 육정목을 한참 지나 사람들이 북적거리는 거리가 나타나자 눈을 질끈 감고 큰 목소리로 "찹쌀 떠~억!" 하고 외쳤다. 길가던 아저씨가 고함에 깜짝 놀란 얼굴로 나를 쳐다보았다. 금방 효과가 나타났다. 이틀 동안 거의 팔지 못했던 찹쌀떡이 신기하리만치 잘 팔려 나갔다.

▲ 해방 직후 서울 을지로 모습

    얼마 되지 않아 떡판의 바닥이 드러나고 호주머니에 부풀어 오르는 돈의 감촉이 느껴지자 침침하던 세상이 갑자기 밝아 보였다. 내가 돈을 벌었다! 다음날도 그다음 날도 장사가 짭짤하게 잘 되어 신이 났다. 며칠을 그렇게 하고 나니 어느덧 여느 소년 떡 장사처럼 여유가 생기고 요령도 늘었다. 이제 됐다 싶었다.

평생 잊을 수 없는 이름, 서갑록 선생님

    그러던 어느 날이었다. 그날도 밤늦게까지 찹쌀떡 상자를 매고 장사를 하다 다른 장소로 이동하기 위해 전차를 기다리고 있었다. 뒤에서 누군가가 내 등을 가볍게 툭툭 치는 것이 느껴졌다. 뒤를 돌아다보니 어떤 남성이 말없이 나를 내려다보고 있었다. 우리 학교 선생님이셨다.

나도 모르게 얼굴이 빨개지면서 당황스러운 표정을 지어 보이자 놀라지 말라는 듯 장난스레 어깨를 다시 툭툭 치셨다. 조용하고 근엄한 모습의 선생님이었던 그는 "네가 이런 일을 해야만 하는 학생인 줄 몰랐다"며 다소 놀라운 표정을 짓고는 "나도 일본에서 공부하면서 너처럼 밤에 일해야만 했던 고달픈 시절이 있었다"며 안심하라는 눈빛을 보여 주셨다.

그는 내가 무척 어려운 처지라는 걸 눈치챈 듯 언제라도 좋으니 자기 집에 들러 식사를 함께하자고 했다. 그 뒤로도 그는 진심 어린 말투로 자기 집에 함께 가자고 했고, 나는 그때마다 염치없이 선생님 집을 방문하여 따뜻하게 음식 대접을 받았다.

여러 달 동안 굶기를 밥 먹듯 하여 영양 상태가 좋지 않다는 걸 몸으로 느끼고 있던 당시에 그 선생님이 차려 준 밥상은 이제껏 먹어본 음식 중에서 최고였다. 아마도 따뜻한 마음으로 받은 대접이어서 인지 맛도 좋았고 먹고 나면 힘이 솟는 것 같았다. 선생님 이름은 '서 갑록.' 나는 아직도 그 선생님 이름과 얼굴을 떠올리면 감사하는 마음이 솟고 가슴이 뭉클해진다.

서갑록 선생님은 다른 면으로도 나에게 잊을 수 없는 도움을 주셨다. 그는 학교 측에 나의 처지를 상세히 알리고 다음 학기 등록을 위해 장학금 혜택을 받도록 주선해 주었다. 그 덕분에 나는 두번째 학기 등록금이 해결되어 얼마나 감사했던지! 평소 종교를 가지고 있지 않았던 나는 이때부터 어떤 '보이지 않는 손'이 나를 돕고 있다는 생각이 들었다.

나의 일생에서 크고 작은 어려움이 생길 때마다 반드시 천사 같은 분들의 도움으로 '기적'을 체험하곤 했다. 서갑록 선생님이야말로 기적을 체험하게 했을 뿐 아니라 누군가를 위해 뭔가를 해야겠다는 마음을 처음으로 갖게 한 분이다. 서갑록 선생님은 이후로도 나에게 많은 도움을 주신 분이다.

제법 떡 장사에 이력이 붙고 수입이 좋아지기는 했으나 다른 문제가 생겼다. 의사 아저씨 집에 머물며 밤늦게 들어 오니 식모의 눈치와 보이지 않는 구박이 심해지기 시작했다. 대문을 놔두고 식모 방에서 가까운 쪽문으로 들락거리려야 했는데 어떤 때는 30분 이상을 밖에서 문을 두드려야 문을 열어주곤 했다.

특히 추운 겨울 눈을 맞아가며 밖에서 발을 동동 구르고 손을 비벼야만 하는 고통이 이만저만이 아니었다. 식모 아가씨는 의사 부인에게 불평을 하기 시작했다. 밤늦게 들어올 수밖에 없는 사정을 털어놓았으나 의사 부인은 내게 조금 일찍 들어오면 좋겠다고 했다.

시간이 흐르면서 의사 아저씨 집안의 분위기도 전과 같이 따뜻해 보이지는 않았다. 크리스마스를 앞두고 교인들이 방문하여 이런저런 잔치를 벌이는 분위기에서도 나의 존재는 눈에 띄지 않는 듯 보였다. 그러잖아도 몇 달 동안 신세를 지고 첫 학기 등록금까지 마련해 준 분들인데, 더 이상은 폐를 끼쳐서는 안 되겠다는 생각이 들었다.

크리스마스와 정월이 지난 어느 날, 나는 의사 아저씨와 그의 부인에게 깍듯이 고맙다는 인사를 하고는 담요 하나와 간단한 짐을 꾸려 집을 나왔다. 그리고는 길거리에서 장사를 하다 만난 친구와 함께 을지로 삼정목에 작은 셋방을 얻어 함께 기거하기로 했다. 마음이 편하기는 했으나 당장 방세를 내야 하고 먹고 쓰는 데 상당히 많은 돈이 들어가게 되니 자연 다른 여러 장사를 하는 수밖에 없게 되었다.

찹쌀떡 장사는 겨울에는 제법 잘 되었지만, 다른 계절에는 그다지 수입이 좋지 않았다. 철에 따라 군고구마, 군밤, 땅콩 등 이런저런 장사를 닥치는 대로 했는데, 그중 군밤 장사가 수입이 짭짤한 데다 따뜻한 철에 제격이었다. 하지만 여러 곳을 자주 들락거리며 팔아야 한다는 것이 좀 힘들기는 했다.

한참 학업과 장사에 재미를 붙이던 어느 날 뜻하지 않은 일이 생겼다. 장사를 마치고 밤늦게 돌아와서 곯아떨어졌는데 느닷없이 셋집 주인 아저씨가 술에 취해 나타나서는 당장 나가라고 고함을 쳤다. 방세를 내지 않았다는 것이었다. 황당한 일이었다. 분명 룸메이트 친구에게 내 몫의 비용을 꼬박꼬박 주었는데, 그가 다 써버렸다는 걸 주인 아저씨가 나타나고서야 알게 되었다. 내가 준 돈을 어디에 썼는지 친구에게 물었지만 연신 미안하다는 말만 하며 밝히지 않았다.

극한의 굶주림, 난생처음 '하느님'께 기도하다

한겨울 새벽에 내쫓겨 무거운 발걸음을 옮기던 을지로 삼정목 거리에는 눈발이 흩날리고 있었다. 담요로 몸을 감쌌으나 차가운 눈발이 얼굴을 스치고 목덜미로 내려앉기 시작했다. 이러다 얼어 죽는 게 아니냐며 친구에게 원망스런 투로 말하니 그는 근처의 을지로 오정목에 친구 4명이 거주한다며 그곳으로 가보자고 했다.

덜덜 떨며 새벽 3시경에 그들이 거주한다는 셋집에 찾아가 재워달라고 요청했더니 마지 못해 우리를 맞아들였다. 이렇듯 나의 초기 학창시절은 집도 절도 없이 동가식 서가숙 하며 이리저리 떠돌아다니는 생활을 해야 했다. 오늘 좀 괜찮아지는가 싶으면 다음날 위기가 또 찾아와서 어쩔 줄 모르게 했다.

하지만 학교에서는 아무에게도 곤궁한 내색을 하지 않았다. 나는 여전히 자존심이 강한 평안도 부잣집의 장남 장손이었다. 비루하지 않게 어린 시절을 보냈고, 일찍부터 후창강가에서 문학전집에 빠져

미지의 세계를 그리며 남아의 기상을 키워 왔다. 압록강 건너 중국 대륙을 오가며 사업을 하시던 아버지의 늠름한 모습을 눈에 익혔던 내가 아니던가.

학교 수업 시간에 너무 배가 고파 거의 실신 지경에 이른 적도 여러 번 있었다. 그때마다 이를 악물고 물배를 채우며 공부에 열중하려 애썼다. 모두가 점심을 먹는 시간에는 한쪽 구석으로 비켜 앉아 조용히 책을 읽었다. 친구들 누구도 내가 그 시간에 책을 읽고 있는 이유를 알지 못했다. 친구들은 그런 나에게 '부처'라는 별명을 붙여 주었다.

어느 날인가 서갑록 선생님이 나의 안색을 보더니 심상치가 않다며 병원에 가보자고 했다. 나는 괜찮다며 호의를 넌지시 거절했다. 그는 자기의 친한 친구가 의사이니 병원비는 걱정 말라며 끝내 나를 병원으로 안내하여 진찰을 받게 했다. 이내 심한 영양실조라는 판정이 내려졌다. 그는 "잘못하면 죽을 수도 있다"는 청천벽력과 같은 말과 함께 종종 고기를 먹고 매일 식사를 거르지 말라고 당부했다. 겁이 더럭 났다.

평소 나는 배고픔을 정신력으로 이겨낼 수 있는 것으로 여겼고 내 스스로 이걸 실험해 보고 싶은 엉뚱한 생각이 들기도 했다. 고향에서 책에 빠져 있을 때 언뜻 어렵게 읽었던 '마음과 육체(Mind and Body)의 분리'라는 주제가 떠오르기도 했다. 배가 고플 대로 고파 어느 한

계점을 넘어서면 어느덧 배고픈 것이 사라지던 경험들을 여러 번 했고, 마음과 육체의 분리가 어느 정도 가능하리라는 생각이 들었다.

배 속에서는 '구라파 전쟁'이 일어난 것처럼 꼬르륵거렸으나 맑은 머리로 책을 읽어내려야만 했던 기억들. 16세 한창 나이에 겪었던 굶주림의 서러움을 떠올리면 지금도 가슴이 먹먹해 온다.

"죽을 수도 있다"는 의사를 말을 듣고 집에 돌아온 그 날, 나는 난생처음으로 책상에 앉아 손을 모으고 '하느님'에게 기도를 하기 시작했다. 종교가 없던 처지였으나 기적적으로 험로를 거쳐온 것을 생각하며 '보이지 않는 손'이 나를 돕고 있다는 생각을 종종 해 왔었던 터였다.

"하느님, 저를 세상에 보내신 목적이 있겠지요. 천애 고아와 같은 처지의 저를 살려 주시면 당신의 뜻을 헤아려서 무엇인가 다른 사람들을 위해 좋은 일을 하겠습니다."

나도 모르게 눈물을 흘리며 간절히 기도하고 나니 왠지 시원한 느낌이 들었고 힘이 솟는 듯했다. 그 당시의 절박한 상황과 기도의 기억이 아직도 선연하다. 그러던 어느 날 휴교령이 내려졌다. 전염병이 돌기 시작한 것이다. 전염병이 돌고 휴교령이 내려지면서 나는 북한 탈출과 고학 스토리를 썼다.

그 스토리가 학교 잡지에 실리고 나자 센세이셔널한 반응을 일으켰다.

'신데렐라'가 된 고학생,
달콤함은 오래 가지 않았다

[끝나지 않은 수업 9] 불시에 찾아온 행운과 6.25전쟁 발발

　나의 북한 탈출과 고학 스토리가 학교 잡지를 통해 전교 학생들에게 퍼지자 급우들이 나를 대하는 태도가 달라지기 시작했다. 어떤 친구는 혹여 다른 스토리가 없는가 하여 꼬치꼬치 이런저런 이야기를 캐묻는가 하면, 안쓰러운 눈으로 나를 바라보며 점심을 함께 먹자거나 방과 후 군것질을 하자며 이끄는 친구도 있었다. 선생님들도 지나가는 말이언정 오며 가며 도울 일이 있으면 말해 달라고 했다. 하지만 갑자기 달라진 주변 분위기가 부담스럽기도 했다.

　나는 당시 새벽같이 일어나 청계천 부근에서 자리를 옮겨가며 생강차 장사를 하고 있었다. 문제는 먹고 자는 일이었다. 하숙방이나 자취방을 구해 들어갈 만한 돈이 쉽게 모이지 않아서 문이 닫힌 청계천

▲ 1950년대 청계천에서 빨래하는 아낙과 물놀이하는 아이들.

시장 안의 가게 한구석에서 잠을 자곤 했다. 당시 가게 주인들은 청계천 시장 문이 닫힌 다음 장사꾼들을 싼값에 재워 주었다.

나는 교과서로 가득 찬 책가방을 베개 삼아 칼잠을 청하곤 했는데, 비가 심하게 오거나 바람이 부는 날이면 덜커덩거리는 소리와 삐걱거리는 소리로 잠을 설쳐야 했다. 그나마 잠잘 곳을 찾지 못한 날에는 이곳저곳을 기웃거려 겨우 몸을 눕힐 수 있었다. 해만 지면 오늘은 어디에서 잠을 자야 할지 걱정해야 했다.

그 와중에 따뜻한 시선으로 나를 늘 도와 왔던 서갑록 선생님이 폐병에 걸렸다. 당시 폐병은 가장 무서운 전염병으로 알려져서 아무도 선생님을 찾아보려고 하지 않았으나 나는 거의 매주일 그의 집을 방문하여 도와 드릴 것이 없는지 묻곤 했다. 생활이 어려워지고 병원비가 바닥난 서갑록 선생님은 종종 가지고 있던 고서적들을 내게 주면서 청계천에 내다 팔아달라고 했고, 나는 기꺼이 그의 청을 들어 드렸다. 그의 가족들은 그런 나를 무척 대견스럽고 고맙게 여겼으나 나는 그의 가족들을 돕는 것이 당연하다고 생각했다.

그러던 어느 날이었다.

학교 훈육주임 선생님이 나를 부른다기에 혹 무슨 잘못이라도 했나 하는 마음으로 가슴을 졸이며 호랑이 굴로 찾아갔다. 그는 깐깐하고 엄격하기로 소문이 나 있어서 학생들이 먼발치에서 그가 오는 모습을 볼라 치면 후다닥 피하거나 가까운 곳에서 마주치면 인사를 하는 둥 마는 둥 눈을 내리깔고 슬슬 피했다.

그의 사무실 앞에서 노크를 하니 기다렸다는 듯이 문을 활짝 열어 젖히고는 반가운 얼굴로 두툼하고 큼지막한 손으로 악수를 청하며 나를 맞이했다. 나는 의외의 상황에 안도하기는 했으나 여전히 두려운 표정으로 그의 눈치를 살폈다.

"야 한도원, 너 정말 용감한 놈이더구나. 그렇게 험한 길을 부처 같은 샌님이 용케도 뚫고 오다니. 아이고 참, 겨우 보름 공부해서 우리 학교에 입학하고. 감동했다 감동했어. 잘 될 나무는 떡잎부터 알아본다고 하더니 너 틀림없이 성공할 거야. 네 부모님 생각하니 눈물이 다 나더라 야. 내가 근사한 일자리 하나 주려고 하는데 할 수 있겠어?"

호랑이 훈육주임과 포병 대령의 환대

어리둥절한 표정으로 눈을 깜박거리고 있던 내 앞으로 바싹 다가서며 그가 제안한 '근사한 일자리'란 오픈한 지 얼마 안 되는 학교 간이 매점 관리직 일이었다. 갑작스러운 제안이었지만, 앞뒤 가릴 처지가 아니어서 즉석에서 고맙다며 받아들였다. 서울 한복판에서 찹쌀떡이나 군밤을 파는 일, 생강차를 파는 일보다는 훨씬 안전하고 낫겠다 싶었다. 게다가 교통비를 아낄 수 있는 데다 찜통더위나 눈비를 피할 필요도 없었고 여차하면 과자나 빵 부스러기로 배를 채울 수도 있는 게 아닌가. 무섭게만 보이던 훈육주임 선생님이 그렇게 멋있게 느껴질 수 없었다.

그런데 나의 행운은 이것으로 끝나지 않았다. 학교 매점 관리일을 시작한 지 며칠이 지난 후 훈육주임 선생님이 나를 다시 보자고 해서 찾아갔더니 전혀 예상치 않은 사람이 나를 기다리고 있었다. 사무실에 들어서자 마자 훈육주임 선생님 곁에 웬 군복 입은 사내가 근엄한 표정으로 서 있었다. 한눈에 보아도 제법 관록이 있어 보이는 군인으로 육군 상사였다. 훈육주임 선생님이 환한 얼굴로 내뱉은 말은 나를 어리둥절하게 했다.

"한도원, 내가 허락할 테니 오늘 오후 수업 빠져도 돼. 지금 당장이 군인 아저씨 따라나서거라."

훈육주임 뒤쪽에 약간 비켜 서 있던 구릿빛 얼굴의 상사가 내 어깨를 덥석 잡더니 더욱 희한한 말을 쏟아 놓았다.

"한도원 군, 이제 살판났어. 아마 지금보다 훨씬 나은 생활을 하게 될 거야, 나랑 함께 가자고! 대령님이 기다리고 있으니 가서 자초지종을 나누지 않겠나?"

아닌 밤중에 홍두깨라더니, 이게 무슨 얘긴가 싶었다. 도대체 나를 둘러싼 주변의 상황이 어떻게 돌아가는지 감이 잡히지 않았다. 우리 집안에서 먼 친척조차 남쪽에서 군인으로 출세한 사람이 있다는 얘기를 들은 적이 없고, 어머니가 준 아버지 친구 명단에 군인 아저씨는 애초에 없었다. 어쨌든 나는 훈육주임 선생님이 미소로 배웅하는 가운데 상사 아저씨가 타고 온 지프차에 미적거리며 몸을 실었다.

매캐한 연기를 뿜으며 한참을 달린 끝에 서울 외곽의 한 군부대에 도착했다. 정문을 지나갈 때 언뜻 간판을 보니 육군포병학교였다. 헌병의 에스코트를 받으며 정문을 지나 한참을 걸어 들어가니 제법 육중한 모습을 갖춘 갈색 건물이 보였다. 먼발치에 포병학교를 상징하는 듯한 포신들이 연병장 둘레에서 위용을 자랑하고 있었다.

헌병이 보초를 서고 있는 현관을 지나 조심스레 복도를 따라 들어가니 맨 끝에 단정해 보이는 사무실이 나타났다. 사무실 앞에는 '육군포병학교장 대령 이기권' 이라는 명패가 붙어 있었다. 가슴이 콩닥거렸다.

나를 안내한 군인이 노크를 하자 안에서 "들어와!"하는 소리에 조심스레 문을 열고 방에 들어섰다. 정복 차림으로 책상 앞에 앉아 일을 보고 있던 그가 벌떡 일어서더니 내 앞으로 천천히 다가왔다.

"하하 한도원군, 정말 잘 왔네. 자네 정말 대단하더군. 이제 우리가 도울 차례야. 걱정 말라고!"

하루아침에 '신데렐라'가 되다

그제야 나는 알것 같았다. 대령님은 어느 날 내 학교 친구의 부모 집을 방문했다가 내 얘기를 전해 들었고, 학교 잡지에 난 스토리를 읽고 크게 감동을 받았다고 했다. 그는 자신의 권한 내에서 도울 수 있는 일은 무엇이든 돕겠다고 했다. 한참 나의 사정을 이것저것 캐묻던 그는 거침없이 나에 대한 '예우'를 쏟아냈다.

그가 내게 전한 예우는 이런 것이었다. 일단 장교들이 묵는 숙소의 방 한 칸을 내주고 식사도 장교들과 함께하며 매일 점심도 장교식당에서 알아서 꾸려 주기로 했다는 것이다. 더구나 군용차에 태워 등교까지 시켜준다고 했다. 그러나 이것이 끝이 아니었다. 대령은 내게 숨쉴 틈도 주지 않고 자기 지갑에서 한 움큼의 지폐를 꺼내더니 손에 잡히는 대로 뚝 떼어서 건네며 "이건 당장 네가 생활비로 쓸 돈인데, 다

쓰고 모자라면 언제든 말해!"라고 했다.

기가 막혔고, 믿을 수 없는 일이었다. 이제껏 믿을 수 없는 일의 연속이긴 했다. 그렇다 하더라도 학교 잡지에 실린 글 하나로 며칠 사이에 '신데렐라'가 되다니! 상황이 너무 갑작스레 반전하니 불안한 생각이 들기도 했다.

대령의 부관을 따라 내가 묵을 숙소를 돌아보니 푹신한 침대에 스팀 시설까지 갖춰져 있었다. 부관이 내게 보여 준다며 스팀을 틀었는데, 쉬이익 소리를 내며 방안이 금방 훈훈하게 덮혀지는 게 신기하기만 했다. 얼마 전까지만 하더라도 한겨울 새벽에 하숙집에서 쫓겨나 눈 내리는 을지로 삼정목 거리에서 덜덜 떨던 처지가 아니었던가.

불려가던 그 날만 해도 '오늘은 어디서 잠을 청해야 하나' 걱정하고 있던 처지였다. 생전 처음 본 스팀 룸에 깨끗한 미국식 침대에서 꿈같은 첫날 밤을 지냈고, 며칠 동안 구름 위를 떠다니는 기분으로 지냈다.

나는 당시 나를 도와준 이름들을 내 기억 저장소에 넣어 두기로 했다. 대령의 이름은 이기권이었고, 그의 명령을 받아 나를 친절하게 안내하고 도와주었던 부관 대위는 송찬호였다. 이기권 대령은 한국전쟁 직후 장군으로 승진했으나 5·16 후 박정희의 미움을 사 쫓겨났고, 당시 부관이었던 송찬호 대위도 후에 장군이 되어 승승장구했으나 역시 5·16 쿠테타 직후 반혁명 혐의로 체포되어 옷을 벗었다는 소식을 들었다. 이기권 장군은 캘리포니아에서 말년을 보내다 2~3년 전에 작고했다.

학교에서는 갑자기 달라진 내 처지에 모두가 놀라는 표정들이었다. 친구들과 선생님들은 나의 행운을 축하해 주었다. 특히 나의 일거수일투족을 늘 주시하며 돕고자 했던 서갑록 선생님은 병중에도 내 소식을 듣고 무척 기뻐했다. 호랑이 훈육주임 선생님도 자기 일처럼 반기고 격려해 주셨다. 공부도 제법 궤도가 잡히고 교우관계도 즐겁기만 했다. 하지만 머무르고 싶었던 시간은 그리 오래 가지 않았다. 한국전쟁이 터진 것이다.

평안도 후창 강가에서 물보라를 맞으며 세상모르고 지내던 14세 소년에게 어느 날 갑자기 해방이 온 것처럼, 한국전쟁도 그렇게 갑자기 다가왔다. 북에서 혈혈단신 탈출하여 막 사춘기를 통과하고 있던 사고무친의 고학 소년에게 전쟁은 너무나도 가혹한 것이었다. 이제껏 겪어왔던 고난은 길고 긴 인생 무대에서 서막에 불과했다는 것을 나는 한참 후에서야 깨달았다.

한국전쟁 발발… 다시 길거리로

겨우 안정을 찾아가고 있었던 나는 처음 전쟁의 소식을 듣고는 며칠 지내고 나면 잠잠해질 것으로 여겼다. 그동안 얼풋설풋 들었던 전쟁 소식들이란 남북 군인들끼리 기껏해야 수십 분 동안 어느 지점에서 총격전을 벌였다더라는 것들이었고, 어느 순간 그 같은 소식들은 까맣게 잊어버릴 정도였다. 전쟁이 일어났던 6월 25일 아침, 고도를 낮춘 비행기들이 서울 시내를 순회하는 모습이 눈에 들어왔으나 비교적 평온을 유지하고 있었다.

그러나 하룻저녁을 자고 나니 점점 가까이에서 포성이 들려오고 이번 전쟁이 삼팔선 부근에서 벌어진 소규모의 국지전이 아닌 전면전이라는 소문이 나돌기 시작했다. 서울 시민들은 불안감에 떨기 시작했다. 전쟁이 시작된 며칠 후 교장 선생님은 북한이 고향인 학생들을 학교 강당에 모이게 하고는 각별히 주의할 것을 당부하면서 당분간 학교에 머무는 것이 안전할 것이라고 했다.

하지만 바로 다음 날부터 포성과 총격 소리가 학교 건물을 크게 흔들자 슬픈 얼굴을 하고 나타난 교장선생님은 휴교령을 발표하면서 "이곳이 더이상 안전하지 않으니 모두 집으로 돌아가라"고 했다.

교장 선생님의 "집으로 돌아가라"는 말에 머리가 멍해져 왔다. 나는 돌아갈 집이 없지 않은가. 포병학교 장교 숙소가 집이었는데, 그 부대가 전쟁이 나서 어디론가 출동해 버렸고 건물도 무너져 내린 형국이었다. 나는 '신데렐라'에서 하루아침에 다시 길거리 나앉는 인생이 되어 버린 것이다. 그야말로 '급전직하'였다.

태극기를 품은 채
'인민군 검문소'를 지나가다

[끝나지 않은 수업 10] 마산으로의 피난, 그리고 영어 덕분에 얻은 행운

한국 전쟁으로 하루아침에 길거리로 내몰린 나는 염치를 무릅쓰고 친하게 지내던 급우 집을 찾아가 당분간 머물게 해달라고 요청했다. 다행히 평소 나를 칭찬하고 격려해 주던 친구 어머니는 따뜻하게 맞이하여 안심하고 지내라고 했다.

다음 날 아침, 친구와 함께 도둑고양이처럼 길거리에 나가서 상황을 살펴보니 인민군 탱크들이 그르렁거리는 소리를 내며 서울 시내를 구르고 있었다. 관공서뿐 아니라 웬만한 높이의 건물에는 이미 인공기가 걸려 있었고, 잔류한 일부 시민들이 길거리에서 깃발을 흔들며 인민군을 환영하는 모습이 눈에 들어 왔다. 한강 인근에 가보니 이미 다리란 다리는 인민군이 진을 치고 입구에서부터 차단막을 내린 채

지키고 있었다.

친구와 나는 집에 숨어 있어야만 했다. 소문에 인민군들이 닥치는 대로 젊은이들을 징집하여 전쟁터로 내보낸다고 했다. 곰곰 생각하던 끝에 우리는 후미진 방 하나를 골라 구들장을 들어내어 땅굴을 만들고는 그 위를 잡동사니로 위장했다. 우리는 땅굴에 들어가 지내며 서울을 빠져나갈 궁리를 했으나 딱히 방도를 찾을 수 없었다.

▲ 경복고 졸업 후 친구들과 함께. 아래 오른쪽이 한도원 박사

이렇게 숨어서 몇 날 며칠을 지내는 중에 양식이 거의 바닥나고 있었다. 밖에 나돌아다녀도 양식을 구하기가 쉽지 않았을 터인데 집에만 박혀 있으니 더더욱 난감한 지경이 된 것이다. 결국, 난 결단을 내릴 때가 되었다.

밖에서는 종종 탱크가 굴러가는 소리와 군인들이 저벅저벅 걷는 소리, 더불어 여럿이서 고함치는 소리가 간간이 들려왔다. 한참 팔팔한 나이에 며칠 동안을 캄캄한 땅굴에서 지내자니 미칠 것만 같았다.

▲ 미군 폭격기들이 폭탄을 투하하고 있는 모습

땅굴 안에서 나는 퀴퀴한 냄새와 탁한 공기를 더 이상 견디다가는 병이 나거나 지레 숨이 막혀 죽을 것만 같았다. 변소에 가기 위해 밖으로 나오거나 친구 어머니의 신호에 따라 잠시 바람을 쐬러 밖에 나오면 하늘을 나는 것 같았다.

이런 와중에 맥아더 장군이 이끄는 유엔군이 인천에 상륙했다는 소식이 들려왔다. 잠시 시내를 나와 보니 피아간에 혼전이 벌어지고 있었다. 멀리서 쿵쿵 포격 소리와 콩을 볶아대는 듯한 총격 소리가 30~40분간 들려왔다가 사라지고 다시 들려오곤 했다. 시내 곳곳에서는 미군 부대가 부산하게 이리저리 움직이는 모습이 곳곳에서 목격되었다. 수색 인근에 방어선을 구축하고 일대 격전이 벌어지고 있다는 소문이 나돌았다.

결국, 이 기회를 틈타 친구 집을 빠져나가는 것이 나를 위해서나 친구와 친구 어머니를 위해서도 안전할 것이란 생각이 들었다. 탈출 계획을 세운 다음 날, 내 계획을 친구 어머니에게 털어놓기 위해 땅굴 밖으로 나왔다. 그런데 갑자기 집안이 조용한 것이 이상했다. 바람을 쐬러 나간 친구는 보이지 않고 그의 어머니만 덩그러니 앉아 내가 나오는 것을 조심스럽게 지켜 보고 있었다. 그리고는 친구가 남겼다는 쪽지를 내게 보여 주셨다.

"친구 도원이를 집에 남겨두고 떠납니다. 남은 식량으로 먹고 자게 해 주세요. 시골에 살고 있는 할머니 집으로 피신해 있다가 조용해 지면 돌아오겠습니다."

평생 못 잊을 우정, 나 대신 먼 길 떠난 친구

친구의 갑작스럽고 기특한 행동에 그의 어머니는 눈물을 훔쳤고, 나는 멍하니 먼 하늘만 쳐다 보았다. 친구는 나를 대신하여 일부러 할머니와 할아버지가 살고 있는 시골 마을로 피신해 간 것이 분명했다. 수십 년이 지난 지금도 나는 그 당시의 충격과 슬픔을 잊지 못한다. 사전에 일언반구도 자신의 계획을 말하지 않았고, 또 작별인사조차

하지 않고 기꺼이 길을 떠난 친구의 행동을 어떻게 이해할 수 있다는 말인가! 평소 과묵하기만 했던 친구의 그 깊은 속을 지금도 헤아리기가 어렵다.

그러나 당시 받은 충격보다 훨씬 큰 충격을 수개월 후에 받았다. 친구가 군대에 징집되어 서울 인근 전투에서 사망했다는 소식을 듣게 된 것이다. 나는 이미 여러 차례 누군가의 도움을 받아 마음의 짐들이 적지 않았다. 게다가 나를 대신해 집을 떠난 친구가 전쟁터에서 목숨을 잃었다는 소식을 듣고는 한층 무거운 부채감을 안게 됐다. 그의 어머니가 뼈를 깎는 슬픔을 겪었을 것을 생각하면 몸 둘 바를 모를 지경이었다.

친구가 나 대신에 스스로 집을 떠난 마당에 더 이상 집에 머물기가 미안하고 거북스러워 한시라도 빨리 떠나고 싶었다. 혹여라도 나를 숨겨준 사실이 발각된다면 친구의 어머니도 위험에 처해질 수 있는 일이었다. 친구 어머니에게 떠나겠다는 말을 꺼내자 한사코 말렸으나 내 뜻을 꺾을 수 없음을 알고는 순순히 허락하셨다. 친구의 어머니는 마치 아들이 떠나는 것인 양 슬픈 얼굴을 하시고는 나에게 담요와 태극기를 챙겨 주면서 길을 가다가 혹 국군을 만나면 태극기를 내보이라고 당부했다. 당시 일부 지역은 아직 퇴각하지 않은 인민군들이 잔류하고 있었고 어떤 지역에는 국군과 유엔군이 들어와 있었다.

효자동 친구 집을 떠나 을지로 삼정목에 있는 또 다른 친구의 삼촌 집을 찾아 나서기로 했다. 그는 나처럼 북한에서 내려와 학교에 다니는 친한 친구였는데, 운수회사를 하고 있는 삼촌 집에 머물고 있었다. 길을 나선 후 나는 처음으로 전쟁의 참혹함을 몸소 목격하고 몸서리를 쳐야 했다.

광화문 근처를 걷다 보니 건물이 모두 파괴되어 휑하니 빈 벌판이 되어 있었다. 거리에서는 포탄 껍질이 발길에 채였고, 여기저기 아무렇게나 방치된 시신들이 나뒹굴고 있었다. 그 와중에도 피범벅이 된 시체에서 뭔가를 뒤져서 달아나는 사람들이 있는 걸 목격하고는 몸서리를 쳤다. 비릿한 피 냄새와 시체 썩는 냄새, 폭격에 무너지고 그을린 건물 곁을 살얼음판을 걷듯이 조심조심 지나쳤다.

▲ 한국전쟁 중 한산한 서울 중앙청 앞 거리. 나는 이 길을 통과하여 을지로 삼정목 부근의 친구 삼촌 집을 찾아 나섰다.

친구 삼촌 집을 향해 한참을 걷다 을지로 이정목 부근에서 인민군이 지키고 있는 검문소를 맞닥뜨리게 되었다. 간이 콩알만 해지고 눈앞이 캄캄해졌다. 품에는 태극기가 있었는데, 만약 들키는 날이면 잡혀가는 것은 물론 목숨을 잃을지도 모르는 일이었다. 들키면 뭐라고 둘러댈까 궁리하며 태연하게 검문소로 다가갔다.

인민군이 거총한 자세로 내 행색을 아래위로 훑어보면서 위협적인 눈빛으로 어디로 가는지를 물었다. 나는 억센 평안도 사투리로 서울에 공부하러 온 학생이며 평안도 고향으로 돌아가고 있다고 말했다. 그들은 심문하듯 가족사항, 다녔던 학교, 고향 동네 등을 물어보며 내가 북한에서 온 학생인 것을 확신한 듯 "미제와 반동 국군들이 닥치기 전에 빨리 여기를 빠져나가라"며 보내줬다.

평안도 사투리로 인민군 검문소 통과, 마산으로

무사히 검문소를 통과한 나는 한참을 헤맨 끝에 을지로 삼정목을 한참 벗어나 친구 삼촌의 집을 찾아냈다. 친구와 그의 삼촌은 갑자기 나타난 나를 보자 깜짝 반가워하고는 무사히 살아 있어 다행이라며 당분간 자기 집에 머물러도 좋다고 했다. 친구 삼촌이 사는 지역은 인민군이 물러가고 수복이 된 상태라서 다소 안심했으나 여전히 멀리서

110

는 포격 소리와 총소리가 간간이 들려오고 있었다. 운수회사를 운영하고 있는 친구의 삼촌은 여러 대의 트럭을 소유하고 있었는데, 육군병원에 징발당해 의약품과 군용품을 실어 나르는 일을 주로 하고 있다고 했다.

몇 주 하는 일 없이 머무는 동안 친구 삼촌의 친척들이 여기저기서 몰려들어 집안은 온통 북새통을 이루고 있었다. 더 이상 그 집에 머물기가 미안할 지경이 되었고 전황이 어찌 될지도 알 수 없는 일이어서 기회를 보아 남쪽으로 내려가는 것이 좋겠다는 생각이 들었다. 어느날 북쪽 끝까지 치고 올라간 유엔군이 밀리고 있다는 소문이 들려왔다. 육군병원이 통째로 마산을 향해 퇴각할 상황이 되고, 어느 날 친구 삼촌네 물품 트럭이 군용품을 싣고 내려간다고 했다. 마침 친구 삼촌의 사위가 트럭운전을 하고 있었는데, 떠날 차비가 착착 진행되고 있었다.

마산으로 여러 대의 트럭이 떠나던 날 밤, 나와 친구는 트럭에 담요와 물품 궤짝을 가득 실어 위장한 채 밤새 달려서 목적지에 도착했다. 마산은 피난민들과 군인들로 뒤섞여 북새통을 이루고 있었다. 이곳을 자주 왕래하던 친구 삼촌은 미리 말해 둔 듯 어느 상가 2층에 딸려있던 여러 개의 방을 얻어서는 우리를 그곳에 묵게 했다. 마산은 한결 안전하고 평화로운 분위기여서 오랜만에 숨통이 트이는 생활을 하게 되었다.

며칠이 지난 어느 날이었다. 갑자기 아래층 상가에서 날카로운 비명이 들려왔다. 황급히 달려 내려갔더니 미군 흑인 병사 다섯 명이 주류 가게 점원 여자를 둘러싸고 있었다. 상당한 미인으로 보이는 여자는 사색이 되어 덜덜 떨고 있었다. 나를 본 미군 병사들은 황당한 표정을 지으며 "영어를 할 줄 아느냐"고 물었다. 내가 "어느 정도는 할 수 있다"고 하자 안도하는 눈빛을 보이며 "네 누이가 참 예쁘게 생겼다"면서 통역을 좀 해 달라고 했다.

그들의 말인즉, 정종과 위스키를 사기 위해 가게에 들어가 카운터 앞에서 막 주문을 하려고 했더니 갑자기 소리를 지르는 통에 자기들이 더 놀랐다고 했다. 전쟁이 일어나기 전에는 흑인을 직접 본 적도

▲ 국군의 평양 입성

없고 전쟁 와중에 기껏해야 먼 발치에서만 흑인을 보았을 여자 점원은 갑자기 눈앞에 나타난 덩치 큰 흑인들에 지레 놀라서 소리를 지른 것이었다. 나는 점원 여성에게 "이들이 당신을 해치려 한 것이 아니고, 그저 술을 사려고 온 것뿐"이라고 설명하자 금새 미안한 표정으로 사과했다. 서툰 영어 솜씨였지만 나의 통역 덕분에 흑인들은 오해를 풀었고 가게 점원은 여러 병의 술을 팔게 되었다.

그런데 그날 저녁의 해프닝으로 나는 다시 한 번 예상치 못한 행운을 맞이하게 되었다. 흑인들이 가게 문을 막 나서려는 순간, 내가 "일할 곳을 찾고 있는데, 좋은 곳 있으면 소개해 줄 수 없느냐"고 지나가는 말투로 툭 던졌다. 그러자 무뚝뚝해 보이는 흑인 하나가 "도울 수 있을지도 모른다"며 따라오라고 했다. 크게 기대를 하지 않고 그들의 지프에 덜렁 올라탔다. 그런데 이번에도 놀라운 일이 벌어졌다.

미 해병본부 장교식당 감독관 되다

나는 어디론가 그들을 따라 나섰는데 가서 보니 미군 해병 본부였다. 그들은 나를 장교 식당 총 책임자로 보이는 상사에게 데리고 가서는 착한 청년이라고 소개해 줬다. 몸집이 크고 후한 인상의 상사는 5분여 동안 간단하게 영어 테스트를 하더니 한국인 식당 직원들을 감독하는 감독관을 맡아 달라고 했다. 식당에서 일하는 한국인들이 20여 명인데 이들 가운데 영어를 할 수 있는 사람이 단 한 사람도 없어서 애를 먹고 있다고 했다.

이렇게 해서 나는 느닷없이 미군 장교식당의 한국인 직원들을 감독하는 감독관이 되었다. 북한을 탈출해 온 이후로 위기의 때마다 놀라운 일이 벌어지곤 했는데 이번에도 전혀 예상치 못한 반전이 이루어진 것이다. 고향 집 후창강턱에서 남으로 가는 트럭에 오를 때 어머님이 "하느님이 너를 도우실 거다"라고 했는데, 정말 그럴지도 모른다는 생각이 들었다.

어쨌거나 나는 느닷없는 행운에 감사해 하면서 '누워서 떡 먹기' 같은 감독관 일을 하게 되었다. 내가 하는 일이란, 한국인 식당 직원들이 시간에 맞춰 출퇴근하는지, 구석구석 청소는 잘하고 있는지, 미군들이 요구하는 위생 기준을 잘 지키고 있는지, 식사 시 요구하는 대로 일을 잘 처리하는지, 식품 재료 보관소에 제대로 물품을 갖추고 있는지를 감독하는 등 사소한 일들이었다.

그런데 나에게는 또 다른 행운이 기다리고 있었다. 내가 식당 감독관 일을 하는 것을 눈여겨본 상사는 나를 또 다른 자리에 추천하였는데, 당시로써는 가히 파격에 가까운 자리였다. 아마도 19세 한국 청년으로 전란 중에 나와 같은 '벼락출세'를 한 사람이 그리 많지는 않을 것이다.

미 해병 장교로 '벼락출세' ······
백마 탄 왕자가 따로 없었다

[끝나지 않은 수업 11] 미 해병본부 경비 감독관이 된 사연

어느 날 식당 감독관 일을 마치고 막 숙소로 돌아가려던 참이었다. 부대 본부에서 나를 급히 호출한다는 전갈을 받았다. 무슨 일인가 싶어 불안했다. 혹 내가 식당 감독일을 소홀히 한 것이 있거나 한국인 식당 직원이 무슨 말썽이라도 피워서 그에 대한 책임을 묻기 위해 부른 것이 아닌가 하는 생각이 들었다.

전쟁통이 아니었다 하더라도 대부분 사람들이 초근목피로 버티었던 시절인지라 한국인 직원들은 일이 끝나면 식당에서 남은 음식을 눈치껏 가져가곤 했다. 그런데 그들 중에는 사용하지 않은 시레이션이나 깡통 식품 등을 슬쩍 가져가는 사람들이 있었다.

내가 감독관이 된 후로 이 같은 일을 방지하기 위해 직원들에게 남

은 음식은 얼마든지 가져가도 되지만 절대 오픈하지 않은 음식들을 가져가서는 안 된다고 단단히 일러두었다. 나 스스로는 일체의 음식을 들고 나가지 않았다. 나부터라도 한국인의 자존심을 지키고 싶었고, 미군들의 눈 밖에 나서 어렵사리 얻은 일자리를 잃고 싶지도 않았다.

대체로 직원들은 내가 정한 규율을 잘 따라 주었다. 아무리 생각해도 감독관 일로는 트집이 잡힐 일이 딱히 떠오르지 않았다. 혹 작년 겨울 크리스마스를 앞두고 휴가 나온 친구들이 너무 배가 고프다고 해서 미군 식품을 선물한 것이 문제가 된 것은 아닐까. 그 당시 식당 총책임자인 상사에게 "한국군대에서 휴가 나온 친구들이 배가 고파 죽을 지경이라고 하는데, 그들을 좀 도와줄 수 없겠느냐"고 했더니 그는 쾌히 "좋다"고 했었다.

다음 날 아침 출근하니 그가 "준비가 다 됐다"며 식당 뒷문을 열고 나가기에 따라나서 보니 놀라운 광경이 기다리고 있었다. 군용 쓰리쿼터에 식품이 가득 실려 있었다.

그는 싱글거리며 "부족하냐?"고 했다. 벌린 입을 다물지 못하며 반신반의하는 나를 보던 그는 "여기서는 내가 대장이니 걱정하지 말라!"며 내 등을 토닥거려 주고는 빨리 차에 타라며 등을 떠밀었다. 그는 그만큼 나를 신뢰하고 있었다.

"자네, 억세게 운 좋은 친구야!"

나는 본부 비서실에 가기 전에 식당 주임 상사의 사무실에 먼저 들러 도대체 무슨 일로 본부에서 나를 찾는지 탐색해 보기로 했다. 그러면 어느 정도 알고 있을 것이라 믿었고, 그가 무사한 모습을 보려는 목적도 있었다. 막 서류 정리를 하고 있던 그가 어느 때보다도 활짝 웃는 모습으로 나를 맞이하며 들뜬 목소리로 말했다.

"미스터 한, 자네 억세게 운 좋은 친구야. 부대장이 자네를 특수직에 임명하기로 했다는데, 빨리 해병본부 사무실로 가보라고! 나중에 사케 한 잔 사는 거 잊지 말고?"

내게 도대체 무슨 일이 일어나고 있는지 알 수 없었다. 6개월 정도의 식당 감독관 일이란 것이 그동안의 고생에 비하면 그저 누워서 떡 먹기에 불과한 일이었는데, '억세게 운 좋은' 특수직으로 간다니.

본부 사무실을 찾아 들어가자 몇몇 장교들이 나를 기다리고 있었다. 그들은 긴장된 얼굴을 하고 찾아간 나를 반갑게 맞이하더니 "세컨드 레프터넌트 한, 축하하네!"라며 일제히 악수를 청했다. 분명 "세컨드 레프터넌트 한"이라고 했다. 한국군으로 말하면 '소위'였다.

어안이 벙벙해져서 말이 나오지 않았다. 그들 중 하나가 소위 계급장이 부착된 옷과 워커 등을 내밀었다. 나를 더 놀라게 한 것은 45구경 권총이 내 손에 쥐어졌을 때였다. 놀란 토끼 눈을 하는 내게 비서

실장인 듯한 장교가 앞으로 다가서더니 뭘 그리 놀라고 있느냐는 듯 "내일부터 바로 일을 시작해야 하니 그만 가보라!"며 다시 악수를 청했다. 도대체 이런 벼락출세라니! 믿겨 지지가 않았다. 바로 몇 개월 전만 하더라도 갈 곳이 없어서 서울 친구 집에 숨어들었고 지하 땅굴에서 몸을 숨겼던 처지의 '낭인'에 불과했던 내가 비록 임시 특수직이긴 했으나 미국 해병 육군 소위가 된 것이다. 지금의 기준으로는 상상할 수 없는 것이었으나 당시는 전시였고, 모든 것이 '편법'과 '긴급'으로 이뤄지던 시절이었다. 식당을 드나들던 해병 장교들과 친분이 생기고 그들 눈에 좋게 비쳤던 것임이 틀림없었다.

그렇다 하더라도 정신을 차릴 수 없는 널뛰기식 '반전'이어서 그날 밤늦도록 잠을 이루지 못했다. 장교 숙소의 푹신한 침대에서 잠을 자고 당시 일반 한국인들은 꿈에나 그릴 만한 미군 장교식당의 먹거리에 이제 권총을 차고 미군복을 입고 지프를 타고 거리를 달릴 생각을 하니 꿈을 꾸는 것 같았다. 어렸을 적 읽었던 동화나 문학전집에서나 등장할 법한 백마 탄 왕자가 따로 없었다.

경복고등학교에 입학한 지 얼마 안 되어 군밤 장사를 하던 시절이 떠올랐다. 어느 날 을지로 육정목 인근의 전철역 앞에서 벙어리 모자를 눌러 쓴 채 군밤을 굽다가 막 전철에서 내리는 하얀 칼라 교복을 입은 여학생과 마주쳤다. 막 사춘기가 시작될 무렵 고향 동네에서 오며 가며 야릇한 감정으로 보았던 여학생이었다.

너무 반가운 나머지 벌떡 일어나서는 "나 한도원인데, 모르겠냐?" 고 했더니 흠칫 놀래며 모르는 척하고는 횅하니 달아나 버렸다. 그때 일을 생각하니 얼굴이 후끈거렸지만, 그 여학생을 다시 마주쳤으면 좋겠다는 생각이 들었다. 그때 입은 상처를 그 여학생이 감히 짐작이나 할까 싶기는 했지만.

"미군 짚차 타고 권총 차고 전선을 누비다"

비록 부모 · 형제와 멀리 떨어져 있고 여전히 가진 것이 없는 처지이긴 하지만 이제 나는 어엿한 미군 소위가 되었다. 월급도 이전 식당 감독관 자리와는 비교가 되지 않았다. 임관된 다음 날, 장교 복장에 권총 차고 소위 계급장을 달고 부대에 나타나자 평소 나를 알고 지내던 미군 사병들이 차렷 자세로 경례를 붙이며 악수를 청하는 바람에 멋쩍고 당황스럽기만 했다. 나이가 든 식당 주임 상사도 거수경례를 하여 몸둘 바를 모르게 했다.

내가 맡은 일은 부대 외곽을 순찰하는 50여 명의 순찰대원을 지휘 감독하는 일이었다. 순찰 업무란 부대를 둘러싸고 있는 철조망 바깥에서 미군을 상대로 물건을 파는 행상들을 일정한 거리 밖으로 내쫓는 일이었고, 종종 무슨 무슨 행세를 하며 부대로 진입해 들어 오려는

업자들을 검문 검색하는 것도 우리의 일이었다. 하지만 어려운 시절 먹고 살겠다고 덤비는 어머니 아버지뻘 되는 사람들을 마냥 매몰차게 다룰 수는 없는 일이었다. 종종 난처한 지경에 처하기도 했으나 무난하게 일을 처리하려고 애썼다.

식당 감독에 비해 경비 감독은 신나고 즐거운 일이었으나 늘 그런 것은 아니었다. 종종 마산 시내에 놀라 나갔다가 사고를 치고 오는 미군들의 뒤치다꺼리를 하는 일은 여간 고역이 아니었다. 언젠가 미군 동료가 시내 유흥가에 나갔다가 시계와 금품이 든 지갑을 몽땅 잃어버렸다며 나에게 함께 찾으러 가자는 요청이 들어왔다. 그를 따라나서서 한참을 가다 보니 외진 곳의 건물에 이르렀다. 문을 열고 들어가니 여기저기서 짙은 화장을 한 한국 처녀들이 나타나는 바람에 깜짝 놀랐다.

말로만 듣던 사창가였다. 겉에서 보기에는 창고였으나 안에는 여러 개의 칸이 있었고, 줄잡아 20여 명의

▲ 미 해병 복장을 하고 친구와 함께 찍은 사진

여자들이 기거하며 미군을 상대로 돈벌이를 하고 있었다. 생전 처음 보는 광경에 얼굴이 화끈거렸고 민족적 자존심이 구겨지는 듯하여 당장에라도 뛰쳐나오고 싶었다. 한편으로는 전쟁통에 그런 일들로 호구지책으로 삼아야만 하는 그들의 처지를 생각하니 속이 쓰렸다. 당시 댄스홀이나 사창가에서 일을 하는 여자들 가운데는 서울에서 대학을 다닌 학생들도 있다는 걸 알고는 충격을 받았던 기억이 있다.

이후로도 나는 걸핏하면 불려 나가 미군들의 사고 뒤처리를 하는 해결사 역할을 해야 했다. 그러던 어느 날, 내게 또 다른 임무가 떨어졌다. 마산 본 부대를 떠나 전투식량 보급을 위해 동원된 수백 명의 한국인 노역자들을 감독하고 지휘하는 일이었다. 한국인 노역자들이 하는 일이란 배낭이나 지게를 이용해 험준한 산악지대에서 전투를 하는 병사들에게 나르는 일이었다. 나는 주로 지프를 타고 다녔으나, 19세 어린 청년이 나이 든 노역자들을 지휘 감독하는 일은 그리 호락호락한 일이 아니었다.

무엇보다도 전투가 벌어지고 있는 전선으로 이들을 안전하게 안내하고 예정된 시간에 짐을 풀어놓게 하는 것은 때로는 목숨을 걸어야 하는 일이었다. 어떤 때는 가는 도중에 포탄이나 총알이 날아오는 바람에 모두가 혼비백산하여 흩어져서 식량을 제때에 공급하지 못해 큰 곤욕을 치른 일도 있었다. 얼마 지나지 않아 후회스러워지기 시작했다. 혹이라도 노동자들을 인솔하고 가다가 내가 탄 지프가 적에게 노출이 되어 집중 공격을 당할 수도 있다는 것을 생각하니 소름이 끼쳤다.

보급 노동자 감독관을 한 4~5개월가량 했던 어느 날이었다. 군대 업무차 헬기를 타고 부산을 가게 되었는데 오랜만에 광복동 거리를 활보하다 고등학교 친구들을 만나게 되었다. 미군 해병 군복을 입은 나를 본 친구들은 매우 놀라는 표정이었다. 그들이 어린애처럼 보이며 괜히 으쓱하는 마음이 들기도 했다. 하지만 그들의 숨겨진 표정 속에는 왠지 느긋함과 여유가 묻어나 있었다. 그리고 그 이유를 곧 알게 되었다. 그들은 영도에 전시학교가 세워져 6개월 정도만 공부하면 고등학교 졸업장을 받게 된다고 했다.

다시 책을 손에 잡다······ 6개월 만에 고등학교 졸업

나는 그들이 "6개월만 공부하면 고등학교를 졸업한다"는 소리에 소스라치게 놀랐다. 그동안 까맣게 잊고 있었던 학업이 그때서야 떠올랐다. 전쟁통에 살아남기에 급급했고, 우연한 기회에 미군 식당 감독관이 되고 소위 계급장을 달고 활보하다 보니 내가 북한을 탈출할 때 가졌던 목표를 잊고 있었던 것이다.

그 와중에 전시학교가 열리고, 친구들은 도서관에서 땀을 흘리며 미래를 꿈꾸고 있었다. 애당초 평북 후창을 떠나 올 때, '서울에서 가서 일류 학교에 다니며 보란 듯이 모범생이 되어 돌아오겠다'며 어머니를 설득했던 생각이 들자 갑자기 나 자신이 초라해지고 한심해졌다.

나는 부산에서 서둘러 마산으로 돌아왔다. 그리고는 즉시 내 직속 상관을 만나 더 이상은 군대생활을 할 수 없는 사정을 설명했다. 상관은 내 말을 다 듣고는 아쉬운 표정을 지으면서 "네 결정을 존중한다, 행운을 빈다"며 격려까지 해 주었다. 한편으로는 나를 신뢰하고 중요한 직책을 맡겨준 미군 동료들에게 미안한 마음이 들었지만 어머니의 근심 어린 얼굴을 생각하며 미련을 떨치기로 마음을 먹었다.

나는 다시 부산으로 돌아와 즉시 전시학교에 등록했다. 1년 이상 책을 손에서 놓은 터라 처음에는 적응하기가 힘들었지만 끈기와 집중력을 발휘하여 학교와 도서관을 왕래하며 공부에 매달렸다.

학교에 다시 다니면서 알게 된 사실은, 경복고등학교에 함께 입학하여 공부한 300명의 급우들 가운데 약 3분의 2가 전쟁통에 사망하거나 실종되었다는 것이다. 복학을 하게 되어 한편으로는 한없이 기쁘기는 했지만 많은 친구를 잃은 슬픔도 그와 비례하여 매우 컸다.

나는 다행히 6개월 만에 고등학교를 무사히 졸업했다. 그러나 그 다음이 문제였다. 한고비를 넘기면 또 다른 고비가 나의 앞길을 막아서는 악순환이 이번에도 여지없이 되풀이되고 있었다.

명문대 거절당한 탈북 소년,
미국유학을 꿈꾸다

[끝나지 않은 수업 12] 펄펄 뛰는 심장으로 꿈을 찾던 시절

천신만고 끝에 고등학교 졸업장을 손에 쥐었으나 일자리를 잡기란 하늘의 별 따기였다. 더욱 큰 문제는 전시 상황이라서 언제 군대에 붙잡혀 갈지 모른다는 것이었다. 그동안에도 몇 차례나 붙잡혀 트럭에 실려 가다가 탈출한 적이 있었다. 비록 탈북해 오기는 했지만, 남한에서 군대에 간다는 것은 북한의 친구들과 동생들에게 총부리를 겨누게 되는 것을 의미했기 때문이었다.

당시 군대에 가지 않는 유일한 길은 대학에 가는 것밖에 없었다. 더구나 고향 마을의 부모와 형제를 떠나 온 것도 학업을 위한 것이었으니 일단 대학에 가는 것이 가장 자연스러운 일이었다. 친하게 지내던 친구들도 하나둘씩 대학에 간다며 바삐 움직였다. 나는 서울의 연

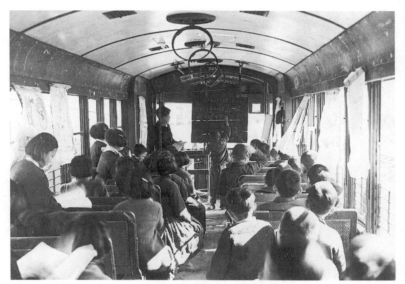

▲ 부산 피난민 시절의 전시학교. 학생들이 폐차 안에서 수업을 듣고 있다.

희전문(현재의 연세대학교) 경제과에 지원하기로 마음먹고 응시원서를 제출했다. 너도나도 대학을 가는 분위기여서 젊은 청년들이 대거 몰려들었지만, 다행히 1차 필기시험을 통과했다.

그런데, 2차 구두시험이 문제였다. 면접하기 위해 마주 앉은 교수는 응시원서에 적힌 나의 북한 주소 등 인적사항을 보고는 "가족의 도움도 없이 어떻게 대학을 다닐 것인가"며 우려스런 투로 내게 물었다. 나는 "이제까지 고학으로 학교에 다녔으니 대학도 그렇게 다닐 것"이라고 답했다. 그는 "대학은 고등학교와 입학금이 크게 다르다"며 난색을 보였다.

결국, 구두시험에서 낙방하고만 나는 크게 낙심했다. 당시 사립대학이란 돈 많은 부유층 자제들이나 다니던 터였고, 나는 그 사실을 잘 알고 있었기에 속울음을 삼키며 체념할 수밖에 없었다.

명문대 합격하고도 입학 거절당해

이제 가야 할 길은 명백해졌다. 어떻게든 돈을 모아서 대학 등록금을 마련하는 길밖에 없었다. 아버지 친구들과 고향 선후배를 찾아다니며 일자리를 구하기 위해 백방으로 뛰었으나 전쟁통에 할 수 있는 일이란 어디에도 없었다. 얼마 전까지만 해도 미군 식당 감독관과 경비 장교 직을 갖고 있었으나 스스로 뛰쳐나온 마당에 내 자리를 비워두고 기다릴 리는 만무했다. 길거리는 한 끼 먹을 것을 걱정하는 사람들로 넘쳤고, 나도 그 대열에 끼어 당장 한 끼와 잠자리를 걱정해야만 처지가 된 것이다.

어느 날 길거리에서 나와 처지가 비슷하고 북한이 고향인 고교 동창을 만났다. 나는 어떻게 하면 일자리를 구하여 입에 풀칠하고 잠자리를 마련할 것인가를 놓고 궁리에 궁리를 거듭했으나 뾰쪽한 방법이 떠오르지 않았다. 우선은 그가 일하는 출판사에 밤늦게 도둑고양이처럼 찾아가 사무실 바닥에 신문지를 깔고 덮고 잠을 잤다. 추운 날에는 밤새도록 덜덜 떨며 지내기가 일쑤였다. 아침에 일어나면 허기진 배에 온몸이 결리고 머리가 멍해져서 어질어질 정신을 차릴 수가 없었다. 물배를 채우는 것도 한계가 있었다.

종종 친구와 나는 허기진 배를 채우기 위해 무조건 다방에 들어가 앉아 밀크 커피와 토스트 등을 시켜 먹고는 몸을 녹였다. 그러나 가진 돈이 있을 리가 없었다. 그때마다 친구는 나를 인질 삼아 다방에 앉혀 놓고는 온 부산 바닥을 쏘다니며 겨우 돈을 마련하여 되돌아오곤 했다. 어떤 때는 그와 반대로 내가 그 일을 했다. 전쟁은 멀쩡한 사람을 미치게도 만들고, 몸을 팔게도 만든다는 것을 경험하고는 이러다가는 나도 지레 무슨 일을 벌일 것만 같았다. 그러나 이번에도 조상님의 은덕인지 하느님의 도움인지 '구원자'가 나타났다.

어느 날 부산 길거리를 배회하다가 서울의 경복고등학교 시절 나를 친자식처럼 도왔던 서갑록 선생님의 처남을 우연히 마주쳤다. 그는 나의 몰골을 보더니 깜짝 놀라며 어찌 된 일이냐고 물었다. 자초지종을 얘기하니 며칠 후에 자기를 찾아오면 무슨 방도가 있을 것이라고 했다. 그는 유엔한국재건단(UNKRA)에 일하고 있다고 했다. 그는 나를 매우 좋게 여기고 있었다. 전쟁통에 병으로 사망하기 전까지 나는 그의 매형인 서갑록 선생을 매주일 찾아가 간호했고 집안 심부름까지 마다하지 않았다. 그 당시 나는 그를 자주 보게 되었고 여러 번 감사하는 마음을 표시했었다.

일주일쯤 지나 유엔한국재건단으로 그를 찾아갔더니 뜻밖에 행운의 일자리가 기다리고 있었다. 재건단 건물 안의 우체국에서 우편물 작업을 하는 일이었다. 내가 하는 일이란 우편물을 분류하거나 다른 지역 우체국으로 꾸러미째 배달하는 일이었다. 종종 샌프란시스코에서 도착하는 외교 우편물을 주미 영사관에 배달하는 일도 내 몫이었다. 이른바 '외교 행랑'을 취급하는 일이었다.

그 일을 하면서 영사관의 한국인 직원들과 얼굴을 익히며 지내던 어느 날이었다. 오다가다 마주치며 수인사를 나눈 적이 있던 영사관

▲ 전시 부산에 세워진 서울대학교 사범대학 중등교원 양성소

직원이 "한도원 씨, 미국으로 공부하러 가지 그래?"라고 했다. 당시엔 그저 웃음으로 지나치기는 했으나 시간이 지나면서 막연하게나마 "미국유학? 그렇지 이게 바로 내 살 길인지도 모르겠다"라는 생각이 언뜻 들었다.

유학의 꿈을 자극하는 계기는 또 있었다. 어느 날 재건단 직원들과 함께 부산 시내 중국식당으로 식사를 하러 갔다. 막 식사를 하던 중 맞은편에 앉아 있던 기술직 미국인 직원이 생각난 듯 던진 말을 걸었다.

"미스터 한, 미국에 가면 공부할 기회가 열릴 텐데 도전해보지 그래?"

"탈북한 처지에 돈도 없는데 미국에서 어떻게 공부를 하나?"

"무슨 소리? 미국에선 가난한 소년들도 얼마든지 공부할 수 있고 네가 마음만 먹으면 갈 수 있는 대학이 널려 있다고!"

"뭐라고? 대학을 마음만 먹으면 갈 수 있다고?

"큰 대학보다는 작은 대학들은 학비도 싸고 장학금으로 재정지원을 할 대학들도 있는데!"

나는 어이없어 하는 그의 태도에서 유학이 그리 꿈같은 일만은 아니라는 생각이 들었다. 그는 가까운 곳에 미국 정부가 운영하는 USIS(주한 미공보원) 도서관이 있다며 그곳에 가면 미국의 대학들에 대한 정보를 더욱 상세하게 알 수 있다고 했다.

그날로 나는 USIS 도서관에 찾아가서 미국 대학들을 일목요연하고 상세하게 소개한 카탈로그를 들춰보았다. 나는 갈 만한 50개 대학 목록을 뽑았다. 실제 이런저런 대학의 정보를 접하다 보니 가슴이 뛰었고 이미 비행기를 타고 미국의 대학에 간 것만 같았다.

'삼팔따라지' 탈북 소년, 감히 유학을 꿈꾸다

사실은 몇 개월 전에 일자리 없이 부산 바닥을 떠돌아다니다 하게 된 경험이 미국유학에 대한 꿈을 꾸게 한 결정적인 계기가 된 듯 하다. 정월 명절 때 나는 북한이 고향이던 고등학교 동창 친구를 만났다. 우리는 '삼팔따라지'의 우울함을 달래기 위해 입에 대지도 않던 술을 몽땅 마시고 뻗어 버렸다.

다음 날 아침 일어나 보니 온통 토한 냄새가 진동했고, 속은 쓰릴 대로 쓰렸다. 우리는 속을 달래기 위해 마침 생각난 친구 집을 방문하여 떡국을 얻어먹고 버스를 탔는데 배탈이 심해져서 중간에 내리고 말았다. 친구는 자기가 잘 알고 지낸다는 친구 집에 가자고 했다. 가서 보니 그 친구는 경복고 동기동창으로 나와는 그저 일면식이 있던 처지였다. 그의 아버지는 당시 유명한 서울대 철학 교수 한 아무개 박사였다. 마침 그는 방에서 열심히 타이프를 치고 있다가 우리를 맞았

▲ 한국전 당시 부산 피난민촌

는데, 그 모습이 너무 멋있고 부러웠다.

그런데 더 부러웠던 것은 그가 유학을 준비하기 위해 응시원서를 작성하고 있는 것이었다. 타이프를 치다 말고 그는 갑자기 툭 던지듯 "너도 미국유학 갈 생각이나 해보지 그래?"라고 말했다. 그 친구 말에 "나는 한국의 대학에 갈 처지도 못 되는데 유학은 무슨……."이라고 얼버무리고 말았다.

하지만 그날 이후로 친구의 타이프 치던 모습과 "유학갈 생각이나 해보지 그래?"라는 말이 귀속에 맴돌기 시작했다. 시간이 흐를수록

'기왕에 여기까지 와서 빈털터리로 일류 고등학교를 졸업하고 살아남았으니 미국에 갈 길을 개척해 볼 수도 있겠다' 는 생각이 문득문득 들었다. 산 넘고 물 건너 죽을 고비를 여러 차례 넘긴 마당에 꾸지 못할 꿈이 있겠나 싶었다. 다른 한편으로는, 미국에까지 가서 공부를 하고 있는 사실을 북한의 부모님이 알면 얼마나 대견해 하실까 하는 생각이 들기도 했다.

그러던 차에 외교 행랑을 나르는 일로 미국 영사관에 들락거리다 유학 권유를 받게 되었고, 재건단 직원들과 식사를 하러 갔다가 다시 유학 권유를 받게 되었으니, '유학' 이 운명처럼 느껴지기까지 했다.

유학에 대한 꿈을 가지게 되면서부터는 영사관 직원들이 달리 보이게 되었고, 이들로부터 미국유학과 미국생활에 대한 이런저런 정보를 얻게 되었다. 그런데 미국 대학에 응시원서를 보내는 비용을 마련하는 것도 만만치가 않았다. 일을 시작한 지 얼마 되지 않아 내게는 여윳돈이라고는 없었다.

그러던 중에 아버지가 장관인 고교 동창을 우연히 길거리에서 마주치게 되어 내가 유학을 준비하고 있다는 얘기를 했다. 그는 반색하며 자기에게도 유학 정보를 알려달라고 했다. 나는 그에게 50개 대학의 정보를 보여주었고 우리는 각각 25개 대학에 응시하기로 했다. 고맙게도 친구는 내가 지원할 25개 대학에 보낼 응시원서의 스탬프 값을 지원해 주기로 했다.

이렇게 해서 응시원서를 보내달라는 서신을 25개 대학에 보내자, 신기하게도 얼마 되지 않아 학교생활, 재정지원 등을 포함한 응시원서 꾸러미를 받게 되었다. 각 대학들이 보낸 서신들은 한결같이 희망 섞인 내용들이었다. 특히 각종 재정지원의 기회가 응시자들에게 열려 있다는 내용은 나의 마음을 한껏 부풀게 했다.

그러나 나의 부푼 희망과는 달리 1950년대 전쟁 당시 우리나라의 상황은 뿌리도 없고 가진 돈도 없는 처지의 나 같은 청년에게 쉽게 유학의 길을 열어주려고 하지 않았다. 응시를 하기 위해 갖추어야 할 합법적이고 기본적인 자격들에서 이미 나는 배제되어 있었다. 실력을 인정받고도 한국의 대학입학을 거절당할 때 이상으로 미국유학은 언감생심 꿈을 꾸어서는 안 된다는 메시지만 직·간접으로 받게 되었다.

갑자기 나의 미국유학은 손에 잡힐 듯 금방 눈앞에 나타났다가 가물가물 사라져 가는 신기루에 불과한 듯했다.

호적등본도 없던 나,
대한민국 여권을 만들다

[끝나지 않은 수업 13] 재정보증과 병적증명서 취득에 얽힌 이야기

60년 세월이 지난 지금 생각해 보아도 당시 우리나라의 사회 경제적 상황으로 보아 내가 꿈꾸었던 미국유학 꿈은 도무지 실현 가능성이 없어 보였다. 막 전쟁이 끝난 1955년 당시는 하루 한 끼도 제대로 먹기 힘들 정도로 온 국민이 궁핍했기에 배나 비행기를 타고 해외로 간다는 것은 꿈도 꿀 수 없는 일이었다. 더구나 유학을 가기 위해서 경제적으로나 법적으로도 까다로운 절차를 거쳐야만 했다.

이런 현실에 북한에서 16세에 혈혈단신으로 내려온 뿌리 없는 처지로서 '미국유학'을 입에 담는 것조차 가당치 않을 것이 분명했다. 처음에 멋모르고 미국유학을 갈 것이라고 친구들과 아는 사람들에게 말했더니 모두가 마뜩잖은 눈초리로 바라보았다. 잠잘 곳을 걱정하고

당장 먹을 것을 걱정해야 하는 판에 미국유학이란 허장성세에 불과하다고 여겼음이 분명했다. 사실상 나 자신도 미국유학을 위한 난관을 돌파하기 위해 이리 뛰고 저리 뛰다가 회의에 빠진 적이 여러 번이었다.

막판에 나타난 '재정보증' 구원자

하지만 내친걸음이니 갈 때까지 가보자는 생각으로 절차를 밟기로 했다. 그 첫 관문은 여권을 받는 일이었는데, 처음부터 난관에 부딪히고 말았다. 외무부 여권과에 찾아가 미국의 20여 개 대학에서 날아온 입학허가서와 장학금 확약 서신들을 자랑스레 내밀었더니 거들떠 보지도 않고 재정보증서와 병적증명서를 가져오라고 했다. 둘 다 내게는 돌파하기가 어려운 과제들이었다.

우선 재정보증서만 하더라도 애초부터 불가능에 가까운 것이었다. 당시 유학생 재정보증서는 유학을 가고자 하는 나라의 시민이나 단체에서 받아내야 하는 것이었다. 국내에서조차 어려울 판에 생판 아는 사람이라고는 없는 미국 땅의 그 누가 나에게 생활비 일체와 추가로 들지도 모르는 학비를 보증해 주겠다고 나설 것인가. 그야말로 허허벌판이나 텅 빈 하늘에서 금줄을 찾아오라는 식의 요청이었다.

▲ 1950년대 당시 부산 미국문화원

　일단 입학허가서를 보낸 학교들에 나의 사정을 설명하고 재정보증서를 보내줄 개인이나 단체를 소개해 달라는 서신을 보냈다. 부자 나라 미국에는 자선 사업가나 각종 단체들로부터 지원을 받아 공부하는 학생들이 많다니 혹 어떤 천사가 나타날지 누가 알겠는가. 편지를 보내고 얼마 되지 않아 서신들이 도착했다. 그러나 일말의 기대가 무색할 정도로 '불가하다'는 내용의 서신들만 수북이 쌓이기 시작했다. 그렇게 하루 이틀 그리고 여러 주가 지나자 거의 체념 상태가 되었다.

　그런데 이번에도 반전이 일어났다. 입학 허가서를 보낸 25개 대부분 대학들에서 '불가' 서신들을 받기만 하던 어느 날, 행운의 편지가 날아 들었다. 사우스 웨스턴 미주리 주립대학(현 미주리 주립대학)의 앤나 블레어(Anna Blair)라는 여교수로부터였다.

그녀의 편지 내용은 내가 거할 곳은 물론 일할 곳과 학비 보조를 해주겠다는 확약을 한 로터리 클럽이라는 단체가 있으니 걱정하지 말라는 것이었다. 그녀는 친절하게도 "너무 늦게 서신을 보내 미안하다"는 글과 함께 재정보증서를 따로 동봉해 보내왔다. 나는 뛸 듯이 기뻤고 감격해서 소리를 질렀다.

재정보증서를 확보하고 나니 뭔가 일이 잘 풀릴 수도 있다는 생각이 들었다. 그러나 더 큰 난관이 내 앞을 가로막고 있었다. 병적증명서였다. 나는 병적증명서는 고사하고 호적등본조차 뗄 수 없는 '무적자' 신세였다. 다행히 호적등본은 경복고 친구 부모의 빽을 통해서 해결했다. 하지만 학생 신분으로 지냈던 처지에다 '북의 형제와 친구들에게 총부리를 겨눌 수 없다'며 군대를 기피해 왔던 터라 병적증명서를 손에 쥐려야 쥘 수가 없었다.

고민에 고민을 거듭하다 누군가의 귀띔으로 '극약처방'을 하기로 작정했다. 당시 한국 사회는 '빽과 돈'이면 무엇이든 할 수 있던 시절이었다. 대학 입학이나 졸업도 연줄이나 돈으로 해결하던 때였으니, 병적증명도 안 될 리 없다는 생각이 들었다. 결국 유엔한국재건단(UNKRA)에서 일하며 장래 학비로 모아 두었던 돈을 몽땅 꺼내서 아는 사람으로부터 소개받은 병무청 직원에게 찔러 주었다. 그러나 "문제없이 해주겠다"던 그 병무청 직원은 차일피일 미루더니 어느 날 종적을 감춰 버렸다. 나중에 들으니 그는 해외로 이민을 했다고 했다.

장관 '빽'으로 병적증명서를 얻다

생명과도 같은 목돈이 하루아침에 날아가 버리는 바람에 허탈감에 빠져 있던 어느 날, 갑자기 6개월 전에 먼저 유학을 떠난 경복고 동창 친구의 아버지가 떠올랐다. 친구 아버지는 당시 세력이 대단하던 장관이었다. 나는 유학을 돕는다며 친구 집을 몇 차례 방문하여 직접 인사를 드린 적이 있었고 저녁 식사를 함께하며 얘기를 나눈 적도 있었다. 나는 친구 아버지가 간단하게 편지 한 장만 써주면 일이 잘 풀릴지도 모른다는 생각이 들었다.

다음날로 장관실을 찾아갔다. 갑작스러운 나의 방문을 받은 친구 아버지는 "아직 유학을 떠나지 못했느냐"며 의아스런 투로 물었다. 나로부터 자초지종을 들은 그는 "요즘은 편지 한 통으로도 안 통한다"며 그 자리에서 병무청에 근무한다는 옛 부하 직원에게 직접 전화를 걸어서 내 사정을 설명하는 듯했다. 그리고는 '내일 아침 병무청으로 아무개를 찾아가라'고 했다. 나중에 알고 보니 그는 나와 몇 차례 마주친 직원이었다.

▲ 1955년 4월 미국에 도착한 후 얼마 되지 않아 교수 및 동료들과 함께 찍은 사진. 뒷줄 왼쪽에서 네 번째 여자가 나에게 재정보증서를 보내 준 앤나 블레어(Anna Blair) 교수이다.

다음날 병무청을 찾아가니 그 직원이 웃는 얼굴로 "학생 빽이 대단하더구먼!" 이라고 말하며 병적서류를 내밀었다. 늘 고압적이고 뻣뻣한 태도로 나를 대하던 그의 태도가 그렇게 달라질 수 있다는 사실이 신기하기만 했다. 이렇게 해서 나는 여권을 받기 위한 최대 난관 두 가지를 돌파했다.

당시 유학 목적의 여권을 받기 위해서는 여러 자격시험을 보아야 했는데, 보통 어려운 것이 아니었다. 더구나 늘 시험이 있는 것도 아니고 몇 개월씩을 기다려서 한가지 시험을 치르고 나면 다른 시험을 보기 위해 또 몇 개월을 기다려야 했다. 나는 몇 개월에 걸쳐 문교부, 외무부 시험은 물론이고 대사관 시험까지 치렀는데 모두 무사히 통과했다. 먹고 살기조차 힘들었으나 유학을 가야 살 길이 열린다는 생각으로 이를 악물고 밤새워 공부한 결과였다.

수속을 시작한 지 무려 2년 만에 여권을 손에 쥐고 나니 무슨 특권을 갖게 된 것 마냥 으쓱한 기분이 들었다. 당시 대한민국 국민 중에 손가락으로 꼽을 정도만 여권을 소지하고 있던 시절이었으니 그럴 만도 했다. 무엇보다도 월남 후에 내 '존재'를 증명해 줄 만한 아무런 증명서나 서류가 없던 처지에서 정부가 발행한 여권은 그 의미가 각별했다. 비로소 한 사람의 대한민국 국민이 됐다는 사실 때문에 며칠을 들뜬 기분으로 보냈던 기억이 난다. 어느 날 길을 가다가 경찰이 신분증 제시를 요구해 여권을 보여 줬더니 깍듯이 예를 갖추어 대하기에 지레 쑥스러워 했던 기억도 있다.

수속 2년 만에 여권 받아, 그러나 비자는…

우여곡절 끝에 여권을 받았으나, 이제는 비자를 받는 난관이 기다리고 있었다. 여권은 요령껏 재주를 부려 어찌어찌 해서 얻었으나, 미국행 비자는 예나 지금이나 한국식 요령이 통하지 않는다는 것이 문제였다.

며칠에 걸쳐 비자에 필요한 서류를 갖추어 영사관을 방문했더니,

대번에 "남한 주소지, 부모 형제, 친척이 없는 등 신분이 불확실하다"
며 퇴짜를 놓았다. 한마디로 "당신 같은 처지의 학생이 미국에 가면
안 돌아온다"는 것이었다. 여권을 내밀며 사정을 했으나 역시 고개를
가로저었다.

마침 유엔한국재건단에서 우편취급일을 할 당시 외교 행랑을 전달
하며 얼굴을 익히게 된 사무직원이 있기에 "무슨 방법이 없겠느냐"고
했더니, 그 또한 "저 영사는 아직 당신 같은 처지인 사람에게 비자를
내준 적이 없다"며 "앞으로 무슨 수를 동원해도 비자를 받을 가능성
이 없다"고 잘라 말했다. 낙심이었다. 그런데, 막 뒤돌아서 나오려는
내 등 뒤에다 대고 말꼬리를 흐리며 던진 한마디가 귀에 맴돌았다.
"도지사가 보증을 서주면 모를까……"라는 말이었다.

꽉 막힌 내 처지가 안타까워 그가 무심코 툭 던진 말이었으나, 지
푸라기라도 잡고 싶은 심정에서 그 한마디에 어떤 희망이 있다는 것
을 알게 되었다. 이제껏 북한에서 탈출한 이후로 노숙자와 진배없는
생활을 하면서도 주저앉지 않았던 것은, 어딘가에 남아있는 '희망'
때문이었다. 어떤 경우에도 가느다란 가능성의 문이 열려 있고, 그 틈
새를 비집고 희망의 끈을 던져준 '보이지 않는 손'이 내게는 있지 않
았던가! 나중에 영사관의 한국인 사무직원에게 물으니 영사와 도지사
는 이미 상당한 친분이 있다고 했다.

단단히 결심한 나는 다음 날 아침 일찍 도지사를 만나기 위해 경상

▲ 1950년대 부산역

남도 도청으로 찾아갔다. 프런트 데스크에 접근하니 안내직원이 "무슨 일로 찾아 왔느냐"고 했다. "미국유학을 가기 위해 지사님 서신이 필요해서 왔다"고 하자, 말도 안 된다는 표정을 지으며 "당장 건물 밖으로 나가라!"며 등을 떠밀었다. 그는 나를 정신이 이상해진 청년 취급을 했다. 주변에서 지켜보던 경비원들과 직원인 듯한 사람들도 나를 이상한 눈초리로 쳐다보았다.

하지만 나는 매일 도청을 찾아갔다. 다른 방도가 없었기 때문이다. 나중에 데스크 사무직원은 내게 "눈코 뜰 새 없이 바쁘신 도지사님이 학생 같은 사람의 사정을 들어줄 시간도, 들어줄 리도 없다"며 "제발 그만 좀 찾아와라"고 사정을 했다.

그래도 계속 찾아 가니 아예 대꾸도 하지 않았고, 경비원들도 얼굴을 찌푸리거나 비웃는 표정으로 나를 대했다. 혹시 모른다는 생각으로 도청에 '출근' 했다가 다시 퇴짜를 맞고 되돌아오는 팍팍한 일상이 계속되었다.

열 번 찍어 받은 '도지사 추천서' …
드디어 미국으로

[끝나지 않은 수업 14] 위기의 순간마다 '기적'을 만든 은인들

나의 '도청공략'은 계속됐다. 시도 때도 없이 전화를 하고 매일 아침 출근하다시피 도청을 방문하자 웬만한 직원들이 내 얼굴은 물론 이름도 알게 되었다. 방문한 지 열흘쯤 된 어느 날이었다.

그날도 데스크 앞에서 실랑이를 벌이고 있는데 마침 출근길에 지나치던 한 남자 직원이 안내 직원에게 다가와서는 "이 청년이 매일 찾아오는 거 같은데 무슨 일인가"고 물었다. 나이가 지긋해 보이는 그 남성은 옷매무새로 보아 고위직 공무원인 듯했다. 데스크 직원은 잘됐다는 듯 "매일 이렇게 찾아와서 도지사님을 만나게 해달라고 해서 귀찮아 죽겠다"고 하소연 하듯 말했다. 나는 이때다 싶어 재빨리 그 남성에게 다가가서 다짜고짜로 말했다.

"유학을 준비하고 있는 한도원입니다. 미국행 비자를 받으려면 반드시 도지사님 추천서가 필요합니다."

그 직원은 내가 결의에 찬 표정을 지으며 여권을 내밀자 조금은 놀라는 표정이었다. 나를 위아래로 훑어보던 그는 "도지사님이 이런 부탁까지 들어주실지 모르지만 일단 말씀을 드려 보겠으니 잠깐 기다려 보라"고 했다. 그러더니 여권을 받아들고 사라지고 나서 10여 분 만에 나타나서는 "각하께서 들어오라고 하신다"며 따라오라는 듯 손짓을 했다.

나를 지켜보던 데스크 직원의 놀란 표정을 뒤로하고 그를 따라갔다. 나중에 알고 보니 그는 도지사의 최측근 비서관이었다. 그의 안내를 받아 도지사실에 들어가자 점잖고 중후한 모습을 한 도지사가 반갑게 맞이하고는 차까지 내오게 했다. 맞은편 소파에 앉아 잠시 뜸을 들인 그가 말을 이었다.

"허헛참, 이제까지 나를 찾아와서 부탁을 한 사람들은 일자리를 구해달라거나 기부 좀 해 달라는 경우가 대다수였다네. 유학비자를 받기 위해 추천서를 써달라는 사람은 자네가 처음이야. 공부하러 가겠다는데 그까짓 거 편지 한 장 못 써주겠나?"

그는 영문 추천서에 사인을 해줄 테니 빨리 가서 작성해 오라고 했다. 뛸 듯이 기뻤다. 도청을 나오자마자 영사관으로 달려가서는 알고 지내던 한국인 직원에게 자초지종을 말하니 매우 놀라는 표정이었다.

그가 농담조로 "도지사 사인이면 모를까"라고 한 말을 곧이곧대로 우직하게 밀어붙여 도지사를 만나서는 추천서 승낙을 받아낸 나를 보고는 혀를 내둘렀다. 당시의 사회·정치적인 분위기로 보아서는 집도 절도 없는 나 같은 처지의 청년이 도지사를 만난다는 것은 불가능에 가까운 일이었다. 그는 "한도원 씨는 꼭 성공할 거야!"라는 격려의 말과 함께 그 자리에서 타이핑으로 영문 추천서를 써주었다.

헐레벌떡 도지사를 다시 찾아가서는 영문 추천서를 내밀었다. 그는 즉시 사인을 마치고는 "미국 가서 공부 열심히 하여 조국을 위해 헌신하라"며 등을 두들겨 주었다. 나는 "언젠가 공부 끝내고 돌아오면 꼭 찾아뵙겠다"며 도지사실을 나왔다. 그가 당시에 베푼 호의에 감사하는 마음을 오래도록 간직하고 있었지만, 어쩔 수 없는 상황으로 귀국하지 못 하고 감사를 표하지 못 한 것이 못내 아쉽다. 정신없이 세월을 보낸 후에 그의 이름을 다시 찾아보니 1953년 10월에서 1957년 2월까지 관선 경남 도지사를 지낸 이상룡이란 분이었다.

도지사 추천서를 손에 쥐고 나니 하늘을 나는 기분이었다. 영사관으로 내달려서는 되돌려 받은 서류들과 함께 도지사 추천서를 내밀었다. 내가 가져온 도지사 추천서를 찬찬히 읽어본 영사는 미소 띤 표정을 지으며 "서류가 너무 오래되어 접수 날짜 등을 업데이트하고 비자 수속 비용 10달러를 가져오면 비자를 주겠다"고 했다. 서류를 고치는 일은 간단했으나 10달러를 마련하는 일은 쉽지 않았다.

▲ 부산 부민동에 있던 옛 경남도청 모습

　여권과 비자 수속을 한다며 이래저래 돈을 다 써버린 상황이었고 매일 끼니를 걱정하던 때였다. 언뜻 유엔한국재건단에서 일할 때 미국인 친구가 선물한 스위스 시계가 떠올랐다. 곳곳에 널려 있던 암시장에 달려가 10달러에 시계를 풀어 주었다. 다음날 영사관에 찾아가서 고쳐진 서류와 10달러를 내니 여권 한쪽 페이지에 스탬프를 쾅 찍어 주었다. 드디어 꿈에 그리던 유학생 비자를 손에 쥐게 된 것이다.

　수속을 한 지 2년이 훨씬 넘어서야 비자를 손에 쥐니 감개무량하여 눈물이 핑 돌았다. 연희전문에 합격하고도 신원이 불확실한 피난민이고 후원할 부모가 없다며 면접에서 입학을 거부당한 일, 호적을 만들기 위해 동사무소에 갔다가 수모를 겪은 일, 제대로 먹고 입지 않으며 모은 돈을 병적계 직원에게 몽땅 사기당한 일, 나보다 훨씬 늦게 수속을 하고도 일찌감치 미국유학을 떠난 친구를 생각하며 처지를 비관했던 일 등이 주마등처럼 스쳐 지나갔다.

바리톤 황병덕 선생님이 건네준 흰 봉투

그런데, 여권과 비자를 손에 쥐어 법적 절차는 해결했으나, 미국행 비행기 표를 끊기 위한 비용이 문제였다. 400달러나 되는 비행기 푯값을 마련하기 위해 나는 무려 6개월을 고생해야 했다. 내가 미국행 비자를 받았던 1954년 우리나라 1인당 국민소득이 88달러였으니 400달러란 일반인들에게 엄청난 돈이었다. 더구나 달러가 귀하던 시절이어서 개인이 함부로 달러를 사거나 팔 수 없도록 정부에서 엄격하게 규제를 하고 있었다. 다만, 미국행 비자를 받은 사람에 한해서 200달러를 바꿀 수 있는 증서를 받을 수 있도록 했다.

나는 우선 한국은행으로부터 받은 '200달러화 증서'를 들고 암시장을 찾아갔다. 커미션을 받기로 한 암달러상이 나와 함께 한국은행에 찾아가서는 원화로 달러를 사들인 다음, 다시 종교 달러를 구입하는 방법으로 돈을 불릴 요량이었다.

'종교 달러'란 한국 선교비 명목으로 미국 종교단체 등에서 유입되는 일종의 수표(check)였다. 당시 비행기 회사에서는 푯값으로 현찰 달러 외에 유일하게 종교 달러를 받았다.

당시 현찰 달러의 가치는 종교 달러의 두 배에 해당했다. 가령 현찰 10달러는 암시장에서 20달러의 종교화로 교환되었다. 모두가 미국행을 준비하며 여러 통로를 통해 얻게 된 정보였다. 한푼도 없는 처지에서 6개월 동안 나를 써줄 직장도 없거니와 설사 직장을 잡는다 해도 400달러를 마련하기 위해서는 몇 년이 소요될지 알 수 없는 일이었다.

결국, 몇 차례의 '환전 게임'을 거친 후에 200달러의 종교화가 내 손에 쥐어졌다. 하지만 나머지 200달러가 문제였다. 그때부터 나는 친구들과 고향의 선후배들을 찾아가 도움을 요청했으나 예상대로 성과가 썩 좋지 않았다. 끼니도 때우기 힘든 시절에 유학을 가게 되었으니 도와달라는 것은 사치로 받아들여지거나 시기심을 불러일으키기에 딱 알맞을 성싶은 요청이었다. 그러는 와중에 평생 잊혀지지 않는 일을 겪기도 했다.

어느 날 서울의 종로통 다방 앞을 지나치고 있다가 우연히 평안도 안주 중학교 시절 선생님을 마주치게 되었다. 후에 한국의 대표적인 성악가 가운데 하나로 명성을 떨친 바리톤 황병덕 선생님이었다. 내가 북한에서 내려온 줄 모르고 있던 황 선생님은 너무도 반가워했고, 곧 미국으로 유학을 가게 되었다는 소식까지 전하자 매우 대견해 하셨다. 그러더니 갑자기 호주머니에서 흰 봉투를 꺼내어 내 손에 쥐어

주시면서 "얼마 안 되지만 유학비용에 보태 쓰라"고 하셨다. 막 서울의 한 사립대학교 강사로 취직이 되어 받은 첫 월급이라며 멋쩍은 듯 말씀하셨다. 코끝이 시큰해질 정도의 사제지간 배려에 나는 몸 둘 바를 몰랐다.

나는 황 선생님에게 받은 은혜에 감사하는 마음을 오래도록 간직하고도 그 은혜를 갚지 못하고 한으로 남겨 두어야 했다. 최근에서야 그가 몇 년 전 서울에서 돌아가셨다는 얘기를 듣고 가슴을 쳤다.

비행기 푯값을 마련하기 위해 이리 뛰고 저리 뛰었으나 쉽게 채워지지 않았다. 미국의 대학교에는 미리 연락해 등록 기일을 연기해 두어 그나마 다행이긴 했으나 비행기 표를 예약했다가 취소하기를 반복하니 항공사 측에서 야단이었다. 막판 채워질 듯 채워질 듯하던 몇십 달러가 채워지지 않아 예약을 취소하기도 했다.

무려 10차례나 예약 취소를 반복하자 한 번은 직원이 "동경에 있는 항공사에 국제전화한 비용이 비행기 푯값 보다 더 들겠다"

▲ 평북 안주중학교 시절 은사이자 1955년 당시 서울의 한 사립대학에서 강사로 있던 바리톤 황병덕 선생님은 자신의 첫 월급봉투를 몽땅 나에게 주면서 비행기표를 사는데 보태라고 했다. 선생님의 한국가곡선집 표지.

고 불평을 했다. 당시 미국행 비행기는 여의도에서 출발하여 동경에서 하루를 쉬고 미국으로 출발했기 때문에 동경의 항공사에도 연락하여 함께 취소해야만 했다.

결국, 비자를 받은 지 6개월이 다 되고 나서야 비행기 푯값이 겨우 마련되었다. 이제 여의도 비행장에서 미국행 비행기에 오르는 일만 남게 되었다. 드디어 미국행 비행기를 타던 날, 묵고 있던 친구 집을 나와 발권을 하기 위해 반도 호텔 안에 있던 항공사 사무실로 갔다. 사무실에 들어가기 위해 호텔 문을 열고 들어가자 뜻하지 않게 '경복고 모자회(母子會)'에 소속된 친구의 어머니들 4, 5명이 나를 환송한다며 나와 있었다. 그리고 몇몇 친구들도 기다리고 있었다.

못 잊을 여인들… "널 보면서 늘 기적을 보았단다"

그런데, 서로가 석별의 정을 나누는 자리에서도 막판 걸림돌이 발생해 한바탕 소동이 벌어졌다. 막 비행기 표를 끊기 위해 400달러를 내니 환율 영향으로 비행기 푯값이 올랐다며 몇십 불이 부족하다고 했다. 어찌할 바를 모르고 당황하여 사무실을 나서는 나를 본 친구 어머니들은 무슨 사단이 벌어진 것이라 짐작하고는 걱정스러운 얼굴들을 하고 잰걸음으로 모여들었다.

사정을 들은 어머니들이 한쪽 구석에서 잠시 쑥덕대는 듯했다. 그러더니 모두가 지갑을 열어 추렴해서 돈을 쥐어 주며 "아들이 유학 가는데 비행기를 못 타면 안 되지"라며 "어서 비행기 표를 끊으라"고 했다. 수 십 년이 지난 오늘에 와서 생각해 보아도 늘 따뜻한 이웃들이 일으킨 이러한 '기적' 덕분에 오늘날의 내가 있었다는 생각을 하게 되고 감사해 한다.

떠나던 날 평생 잊지 못할 두 가지 '사건'이 떠오른다. 반도호텔을 찾은 친구의 어머니들과 두어 명의 친구들 외에 눈에 띄는 이화여대 학생 한 명이 끼어 있었다. 조금은 알고 지내던 친구의 여동생이었다.

환송객들과 이런 저런 인사를 나누던 와중에 누군가가 호텔 밖으로 불려나갔다 들어오더니 "밖에서 이화여대 학생이 전해주더라"며 쇼핑백을 건네주었다. 열어보니 금방 산 것으로 보이는 와이셔츠였다.

나중에 안 일이지만 그 이화여대 학생은 내가 입고 있던 와이셔츠가 너무 낡고 초라해 보여 급히 노라노 양장점에 가서 사왔다고 한다. 당황스러웠으나 그녀의 마음 씀씀이가 아름답고 고마워 유학생활 내내 기억 저장소에 담아 두었다. 그녀는 나중에 나의 평생 반려자가 되었다. 그 과정은 나중에 따로 쓰기로 한다.

또 하나 잊을 수 없는 일이 있다. 반도호텔에서 모두가 집으로 돌아가고 홀로 버스를 타고 여의도 비행장으로 가서는 탑승장 대기실에 앉아 이런저런 상념에 잠겨 있었다. 16세 때 온갖 난관을 돌파하며 홀로 내려와 갖은 고생을 하던 일들이 주마등처럼 떠올랐다. 고향의 부모님과 동생들의 얼굴, 연이어 어렸을 적 일들이 떠오르며 상념에 젖어들었다. 살아남기에 급급하여 기억의 저만치에 밀쳐둔 것들이었다.

막 벤치에서 일어나 탑승장 안으로 들어가려던 참에 얼핏 보기에도 옷매무새가 점잖아 보이는 여자 한 분이 급한 걸음으로 내게 다가왔다. 친하게 지내던 친구의 어머니였다. 그녀는 홀로 앉아 있을 나를 생각하니 너무 안 됐다는 생각이 들어서 급히 택시를 타고 왔노라고 했다. 독실한 기독교 신자인 그녀가 막 미국행 비행기에 오르기 전 내게 남긴 말은 두고두고 잊혀지지 않는다.

"도원아, 나는 성경에서 늘 기적 이야기를 읽었단다. 그런데, 너는 '눈으로 보는 기적' 이었어. 너를 보면서 늘 기적을 보았단다. 하나님이 너를 돌보실 거야. 건강히 잘 다녀오너라!"

3부

기적 같이 이뤄진 미국 유학의 꿈 그리고 세계적 과학자로 우뚝 서다

내년 여름이면 수업을 끝내고 돌아올 것이라 믿고 장남을 떠나 보내셨던 어머니는 '묘소'라는 흔적만 남긴 채 젊은 날 머리 빗긴 당신의 모습처럼 아버지 곁에 단정하게 자리 잡고 계셨다. 나는 눈을 내리 깔고 어머님께 나직하게 귀향인사를 드렸다. "어머님, 죄송합니다. 너무 늦게 공부를 끝내고 돌아왔습니다. 하지만 술 마시지 말고 담배도 피우지 말고 공부만 열심히 하라시던 어머님과의 약속을 지켰습니다. 저는 어머님이 살라고 하신 삶을 가득, 꽉 차게 살아 냈습니다."

'8달러'로 시작한 미국생활,
난 '낙원'에 와 있었다

[끝나지 않은 수업 15] 1955년 스프링필드서 맞은 '봄날'

여의도 비행장에서 출발한 나의 미국행 비행기는 동경, 괌, 호노룰루, 샌프란시스코 등 무려 네 군데의 기착지를 거친 뒤 미주리 세인트루이스 공항까지 오는 데 사흘이 걸렸다. 때는 1955년 4월 초순이었다. 비행기 트랩에서 내리니 향긋하고 부드러운 봄바람이 얼굴을 간지럽혔다.

하지만 꿈에 그리던 미국땅에 도착했다는 사실 때문인지 피로감이 거의 느껴지지 않았다. 타국에 온 긴장감 때문이었는지도 모른다. 편지로만 주고받던 애나 블레어 박사가 나를 제시간에 마중 나올 것인지, 당장 묵을 곳은 마련이 되어 있는지, 정말 일자리는 있는 것인지, 수업을 제대로 따라갈 수 있을 것인지 내심 걱정이 앞섰다.

세인트루이스 공항에서 그레이하운드 버스를 타고 미주리 사우스 웨스턴 대학교(현 미주리주립대학)가 있는 스프링필드로 가는 길은 비교적 한적하고 깨끗했다.

막 전쟁이 끝난 직후, 파괴되고 혼란스럽기만 했던 한국땅과는 너무 비교가 되어 마치 꿈속을 달리는 듯했다. 출발하기전 한국땅의 모습이 어둡고 칙칙한 풍경을 담은 흑백영화였다면, 현재 눈 앞에 펼쳐지고 있는 풍경은 찬란하고 영롱한 컬러 화면을 담은 '초원의 빛'이었다.

한창 봄철인 데다 이름에 딱 어울리는 '스프링필드' 가는 길에선 어렸을 적 읽었던 동화책에서나 나올 법한 장면들이 연신 파노라마처럼 펼쳐졌다. 세상에 이런 별천지도 있나 싶었다.

옆자리에 앉은 백인 할아버지가 창밖 풍경에 눈을 떼지 못하고 있는 나를 보고 빙긋 웃으며 뭐라고 말을 건넸으나 무슨 소린지 알아들을 수가 없어 못 들은 척했다. 한가지 기억나는 것은, 차에 오르자 백인 칸과 흑인 칸이 나누어져 있다는 것이었다. 도중에 버스가 몇 분간 정차하여 화장실을 찾아갔을 때도 같은 경험을 했다.

입구에 '화이트(White)'와 '컬러(Color)'로 구분되어 있기에 칼러 칸으로 가려고 했더니 어떤 백인 아저씨가 "헤이 맨! 넌 이쪽으로 와도 돼"라며 백인 칸으로 가라고 했다. 당황스럽고도 신기한 경험이었다.

"전 재산이 8달러라고?"

세 시간쯤 달렸을까. 여기저기 도시들을 거치던 버스가 드디어 학교가 있는 스프링필드에 도착했다. 차에서 내리자 저만치에서 백인 할머니가 나를 발견하고는 활짝 웃으며 급하게 걸음을 옮겼다. 수년 동안 편지만 주고받던 애나 블레어 박사였다. 상기된 얼굴의 그녀가 나를 껴안았다. 엉거주춤 그녀의 포옹을 받은 나는 연신 '땡큐'를 연발하며 머리를 숙였다. 블레어 박사의 집으로 가는 도중에 그녀가 조심스러운 말투로 내게 물었다.

"도원, 네 수중에 얼마나 가지고 있지?"

호주머니에 손을 넣어 소지한 돈을 확인하는 체하며 기어들어 가는 목소리로 답했다.

"8달러."

그녀가 놀란 표정을 억지로 감추며 웃음 띤 얼굴로 말했다.

"흠, 네 형편이 매우 어렵다는 것을 알고는 있었지만, 그렇게 적은 돈을 갖고 있을 줄은 몰랐군. 괜찮아 걱정하지 말라고!"

"……."

그녀는 멋쩍은 분위기를 덮으려는 듯 속사포처럼 다시 물었다.

"공부하며 일도 할 수 있겠지?"

"그럼요, 일자리만 있다면야 얼마든지."

▲ 60년 묵은 트렁크. 1955년 4월 미국에 올 때 들고온 유일한 물건이다. 최근 차고를 정리하다 다시 발견했다.

"오늘 당장에라도 할 수 있겠어?"

"예에? 그럼요, 하고 말고요!"

애나 블레어 박사는 내가 활기찬 목소리로 당장에라도 일할 뜻을 밝히자 매우 만족스러운 표정으로 어깨를 두들겨 주었다. 편지로 주고받을 때 느꼈던 따뜻한 감정이 피부로 느껴져 왔다. 속으로 '하느님 감사합니다' 소리가 절로 외쳐졌다. 도대체 나 같은 가난뱅이 유학생에게 이 같은 행운이 오다니!

집에 도착하자 블레어 박사는 점심으로 치즈 샌드위치와 주스를 내왔다. 그녀는 나를 위해 비워 두었던 방을 2년 전에 다른 학생에게 빌려주었다면서 방을 구할 때까지 당분간 자기 집에 머물러도 된다고 했다. 그러더니 당장 작업화를 사야 한다며 전화로 어떤 학생을 불러서는 신발 가게로 안내하도록 했다. 나는 그를 따라 시어즈 백화점으로 가서 보기에도 묵직하고 튼튼해 보이는 작업화를 4달러를 주고 구입했다. 이렇게 해서 전 재산 8달러의 절반이 떨어져 나갔다.

블레어 박사 집에는 내 일자리 리스트가 쌓여 있었다. 모두 잔디 깎는 일이었고 시간당 25센트였으나 하늘을 나는 기분으로 일을 시작했다. 도착 당일 오후 2시경의 스프링필드 태양 빛은 한없이 부드럽기만 했다. 당시 잔디 깎는 기계는 손으로 밀어야만 하는 것이었으나 한국에서 이미 온갖 잡일 노동으로 잔뼈가 굵은 나에게는 식은 죽 먹기였다. 기계를 앞으로 밀고 나가는 대로 싹둑싹둑 가지런히 잘려 넘어진 잔디에서 풍기는 풀 내음이 그렇게 좋을 수가 없었다. 스프링필드의 봄날이 온통 나를 위해 존재하는 것만 같았다.

일주일 정도 블레어 박사 집에서 머문 후에 캠퍼스 인근에 작은 원룸 아파트를 구했다. 1주일에 5달러였으나, 취사를 위한 곤로가 제공되었고, 화장실, 푹신한 침대, 샤워 시설이 갖춰진 곳이었다. 집도 절도 없던 처지에서 나만의 공간을 갖게 된 그 날, 구석구석 돌아보며 청소하고 만지작거리느라 잠을 설칠 정도였다. 이런 형편이라면 뭐든

160

못할 일은 없어 보였다. 북한을 탈출하여 서울, 마산, 부산 거리에서 동가식 서가숙 하며 서럽게 지내던 일이 갑자기 아득하게 느껴졌다.

일자리는 잔디 깎는 일 외에도 도서관에서 책을 정리하는 일, 식사를 무료로 제공받는 학교 식당 일 등 얼마든지 널려 있었다. 나는 학교 수업을 빼고는 매일 서너 곳의 일자리를 옮겨 다니며 닥치는 대로 일을 했다. 집에 돌아와서는 보통 새벽 1~2시까지 영어사전을 펴들고 그날 수업 시간에 들은 강의 내용을 복습했다. 한국에서부터 제법 영어를 말하고 읽을 수는 있었으나, 미국 대학 강의를 듣고 이해하기에는 부족했다. 미국 친구들이나 교수들은 한결같이 친절하게 나의 학업을 도왔다. 그들은 강의 노트를 빌려주기도 했고 교수들은 따로

▲ 1955년 4월 미주리 사우스웨스턴 대학에 입학한 지 얼마 되지 않아 동료 및 교수들과 함께 찍은 사진. 뒷줄 오른쪽에서 세 번째가 한도원 박사이고, 같은 줄 맨 왼쪽 안경 쓴 여성이 애나 블레어 박사.

오피스로 찾아간 나에게 잘 알아듣지 못한 수업 내용을 친절하게 복기해 주는 일도 마다하지 않았다.

'일당 1 달러'가 어때서?

다행스럽게도 당시 그 지역에는 이미 사립대학 등에 다니는 한국 유학생 5~6명이 있어서, 주말이면 종종 공원에서 고기를 구워 먹거나 이런저런 학업 관련 얘기들을 나누며 서로 외로움을 달랬다. 그들 대부분은 부잣집 자제들이어서 규율이 엄격한 학교 기숙사에서 지내야 했으므로 주로 내가 사는 아파트에서 자주 모이곤 했다. 그들 가운데는 지금도 서로 연락하며 지내는 친구도 있고 이미 저세상으로 가버린 친구도 있다.

정신없이 한 한기를 지내고 여름방학을 앞두게 되었다. 당시 내가 다니던 사우스 웨스턴 미주리 주립대학은 쿼터제 수업을 하고 있어 많은 학생들이 겨울, 봄, 가을 학기를 듣고 여름엔 아르바이트 일자리를 위해 학교를 떠났다. 나 또한 수업을 듣는 짬짬이 여름방학 동안 할 수 있는 일자리를 알아보고 있었다.

마침 유엔한국재건단(UNKRA) 우편물 취급소에서 일하던 당시 미국인 엔지니어가 내게 알려준 일자리가 생각나 아르바이트 신청서를

▲ 1955년 5월 캠프 미니왕카의 숙소에서. 손에는 〈바람과 함께 사라지다〉(Gone with the wind) 소설책이 들려 있다.

보냈다. 미시간 주 그랜드 래피즈(Grand Rapids)의 북쪽 지역에 있는 미니왕카(Miniwanca)라는 캠프였다. 봄학기가 끝날 무렵 그곳으로부터 일할 자리가 많다며 초청장이 날아왔다. 그런데 마음에 걸리는 것은 하루 일당이 1달러밖에 안 된다는 것이었다. 비록 숙식을 제공해준다는 조건이었지만, 당시 임금 수준으로도 형편없이 낮은 금액이었다.

주변 사람들에게 일당 1달러를 받고 미시간의 캠프에 가서 일할 생각을 밝히자 평소 친절하게 대해주던 교수 한 분이 황당하다는 표정으로 만류했다. 그는 "1년 생활비가 400달러 정도인데, 그곳에서

▲ 캠프 미니왕카 본부 건물 모습

일해서 어떻게 그 돈을 모으겠느냐"고 했다. 특히 한국 유학생 친구들은 내 얘기를 듣더니 한심하다는 표정을 지었다. 그들은 뉴욕이나 시카고 등지에서 일을 하면 하루 20달러를 너끈히 벌 수 있는데, '일당 1달러'는 말이 안 된다고 했다. 딴은 그랬다. 하루 10달러나 15달러가 아니고, 정상적으로 벌 수 있는 금액의 20분의 1에 불과한 1달러라니!

하지만 내 생각은 좀 달랐다. 나는 이제 막 미국에 온 초짜 유학생으로 미국 문화를 배우는 일이 우선이라는 생각이 들었다. 돈 액수에만 매달려 바쁘게 일을 쫓으며 한여름을 보내다 보면 뭔가를 생각하고 배울 여지가 없을 것만 같았다. 모자라는 생활비는 지금처럼 일을 하면서 보충하면 되고 느긋하게 미국사람들을 상대하고 미국문화를 배우는 기회로 삼는 것이 먼 장래를 위해 좋을 것만 같았다.

한편으로는, 애초 빈털터리 신세로 살아온 마당에 낙원 같은 이 땅에서 다음 학기 생활비 걱정을 한다는 것이 사치라는 생각이 들었다. 북한 탈출 이후 온갖 고생을 다 해온 나는 그만큼 용감해져 있었다.

교수와 친구들의 만류를 무릅쓰고 선택한 미시간 캠프 미니왕카의 아르바이트 일은, 내 평생에서 가장 잘한 결정 가운데 하나였음이 그 여름, 그리고 이어지는 여름에도 입증되었다.

겨우 한여름 아르바이트 일자리 결정에 무슨 큰 의미를 담아서 말할 수 있겠는가라고 생각할 수 있겠지만, 미시간 미니왕카 캠프에서 겪은 일들로 인해 내 인생의 주요 행로가 정해진 사연들을 듣게 된다면 누구든 고개를 끄덕이게 될 것이다. 이에 대해서는 나중에 기술하기로 한다.

학기를 마치고 서둘러 당도한 캠프 미니왕카에는 디렉터 하나에 일꾼이라고는 내가 전부였다. 캠프 미니왕카는 주로 고등학생들과 대학생들이 사용하는 기독교 수양관이었는데, 막 건축이 끝난 50개의 캐빈이 여기저기 정연하게 위치해 있었다. 그런데, 건축만 덩그러니 끝냈을 뿐 안팎으로 다듬고 손을 대야 할 곳이 많았다. 주변에 조경시설도 안 되어 있어서 그 또한 두 사람이 해야 할 몫이었다. 완전한 캠프 모양새를 갖추기 위해서는 할 일이 태산이어서 막막한 생각이 들기도 했다. 그러나 미시간 호가 바로 곁에 있었고 캠프를 둘러싸고 있는 자연환경이 고즈넉하고 아름다워 마음이 편안해지는 곳이기도 했다.

미니왕카에서 만난 '스승'

무엇보다도 그곳에서 일을 하면서 삶의 스승들을 만나게 된 것을 두고두고 큰 축복으로 여길 수 있게 되었다. 나의 첫 스승은 캠프 디렉터인 '프레스톤 오위그'였다. '와제피'라는 이름으로 불리는 그는 매우 사려 깊고 사색적인 사람이었다.

일을 시작한 지 며칠이 지나지 않은 어느 날 벤치에 앉아 쉬면서 그가 한 말을 평생 잊지 못한다.

"도원, 너 자신을 하찮은 존재로 여겨선 안 돼. 만약 너 자신을 귀한 존재로 여기지 않는다면, 다른 사람들도 너를 그렇게 취급하게 될 거야."

당시 그가 왜 나에게 이런 말을 했는지는 정확히 모르겠지만 아마도 의기소침해 보인 내 모습에 어떤 도움말을 주고 싶었던 모양이다.

와제피는 조용하면서도 맡은 일을 묵묵히 충실하게 하는 사람이었고, 나는 한여름 내내 그의 모습을 지켜보고 자연환경을 벗 삼아 일하면서 캠프 미니왕카에 온 것은 정말 잘한 것이라고 생각했다.

탈북 이후 몇 년간 심신이 지칠 대로 지쳐있던 나는 비로소 미시간 호 변의 캠프 미니왕카에서 안식을 취할 수 있었다. 매일 땀을 뻘뻘 흘려 일하는 현장에서 어떤 삶의 의미를 발견할 수 있게 된 것은 일생일대의 수확이었다.

넉넉하고 포근한 자연환경과 아름다운 사람들이 그곳에 있었다.

"모래땅에 꽃 피운 청년"
인생 행로를 잡다

[끝나지 않은 수업 16] 미시간 섬머 캠프에서 만난 '현인들'

미시간 호 변의 캠프 미니왕카에서 일한 지 얼마 되지 않은 어느 날이었다. 캠프 직원이 모는 차에 동승하여 주변 마을들을 돌아보게 되었다. 어느 지점을 지나치려는데 온갖 꽃들로 만발한 너서리(원예 식물 재배장)가 눈을 부시게 했다. 캠프 주변 동네가 아름다운 자연환경을 갖고 있었던 덕에 평소에는 웬만한 꽃들이 눈에 들어오지 않았으나 그 너서리는 형형색색으로 진귀한 꽃나무들로 가득 차 있어서 숨이 막힐 지경이었다.

학교가 있던 미주리 스프링필드 지역에서 흰색과 분홍색의 도그우드 꽃들만 주로 보아 왔으나 미시간 중부 지역에서 보게 된 이름 모를 꽃들은 이에 비할 바가 아니었다.

그날 너서리에서 청초하면서도 화려한 꽃 더미에 정신이 팔려 있다가 문득 '왜 캠프 미니왕카에는 꽃나무를 심지 않는 것일까' 라는 생각이 들었다. 1925년에 세워진 캠프 미니왕카는 내가 일을 시작하기 직전에 50여 동의 캠프를 새로 완성하기는 했으나 기본적인 내부 시설만 겨우 갖추었던 터였다. 옆자리에 앉은 직원에게 머뭇거리는 투로 물었다.

"왜 우리 캠프에는 꽃밭을 만들지 않나요?

"하고 싶어도 할 사람이 있어야지!"

"그거 내가 하면 안 될까요?"

"그게 잘 될까? 미스터 와제피가 허락할지 모르겠군."

그는 꽃나무를 보기 좋게 심는 것도 간단한 작업은 아니지만 잘 가꾸고 자라게 하는 일이 보통 일이 아니라며 와제피에게 가 보라고 했다. 심어 놓기만 하고 가꾸지 않은 꽃밭은 없느니만 못하다는 얘기였다. 그런데, 와제피 아저씨는 의외로 쉽게 허락하며 "필요한 것을 구비해 줄 테니 열심히 가꾸어 보라"고 격려해 주었다.

'꽃밭 가꾸기'로 시작된 삶의 행로

나는 평안도 후창 고향 집에서 자랄 때 아버지와 꽃밭을 가꿨던 기

▲ 1955년 6월 캠프 미니왕카 직원과 함께.

억이 있었다. 아버지는 집 마당 앞뒤 울타리 주변을 보기 좋게 빙 둘러 꽃밭을 만들어서는 봉숭아, 맨드라미, 채송화 등을 심으셨는데, 나는 아버지 뒤를 졸졸 따라다니며 잔심부름을 했었다. 아버지는 종종 나에게 물을 주라며 만주 여행 중에 사 오신 작은 물뿌리개를 들려주셨다. 꽃봉오리가 맺히고 꽃이 만개한 어느 날에는 온 집안 식구들을 모아 놓고 사진을 찍는다며 야단법석이셨다.

어렸을 적 '꽃밭 가꾸기' 기억이 가져온 효과는 생각보다 대단했다. 와제피 아저씨는 내가 원하는 대로 소똥 흙을 트럭으로 날라다 주는가 하면 삽이나 경작기 등 갖가지 원예 도구를 사다 주었다. 일이 생각보다 커진 것에 조금은 두려운 생각이 들었으나 왠지 모를 자신감이 들었다. 일단은 며칠에 걸쳐 캠프 입구를 비롯하여 메인 오피스, 식당 앞 등 눈에 띄는 곳에 화단을 만들었다. 직원들이 오며 가며 내가 화단을 만드는 것을 눈여겨보았다. 반신반의하는 표정으로 어떤 꽃밭이 만들어질까 하는 눈초리였다.

그런데, 내가 만든 꽃밭은 그해 여름 캠프 미니왕카 직원들 사이에서 단연 화젯거리가 되었다. 꽃밭이 완성이 되고 나서 몇 주가 지나고 촉촉이 비가 내린 어느 날, 만개한 꽃을 보고는 온종일 '원더풀!' 소리가 캠프 사이트를 울렸다. 오며 가며 마주친 직원들이 활짝 웃는 얼굴로 내게 '땡큐'를 연발했다. 특히 와제피 아저씨는 "미시간 모래땅에 꽃을 피웠다!"며 과분할 정도로 칭찬을 해주었다.

내가 만든 꽃밭은 서머 캠프가 시작되어 전국 각지에서 캠퍼들이 몰려들면서 다시 화제에 올랐다. 캠프 미니왕카는 기독교 수양관으로 대학교수, 교사, 청소년들은 물론 기업가들이 리더십 훈련차 오는 곳으로, 캠퍼들 가운데는 매년 찾아오는 사람들이 많았다. 그들은 캠프

장 입구에서부터 그동안 보지 못했던 꽃밭을 보고는 모두가 "어, 이 예쁜 꽃밭이 언제 생겼지?"라며 한마디씩 했다. 어떤 이들은 내가 꽃밭에 물을 주는 것을 보고는 다가와서 친절하게 인사말을 건네기도 했다.

미시간 호 변의 땅들은 모래가 많아서 여간 신경을 쓰지 않고는 꽃밭을 가꾸기가 쉽지 않았다. 거름흙을 적당히 섞어주고, 잡초를 제거하고, 허물어져 내린 둑을 돋아주고, 소나무 껍질 등으로 표면을 덮어주는 일 등 할 일이 많았다. 나는 매일 잠에서 깨자마자 눈을 비비고 달려나가 꽃밭이 무사한지 살피는 일부터 했다. 꽃잎 끝에 작은 물방울들이 은빛으로 반짝거리는 모습을 보고 하루 일과를 시작하는 것 또한 매우 상쾌한 일이었다.

캠프 미니왕카에서 만난 '철학자 회장님'

여름 캠프를 시작한 지 얼마 지나지 않은 어느 날이었다. 물을 주고 있는데 언뜻봐도 귀품이 있어 보이는 깊은 눈을 가진 할아버지가 내게 다가왔다. 노인이 악수를 청하며 내 손을 덥석 잡더니 물었다.

"자네 이름이 미스터 도원, 맞지?"

"예, 그런데요."

"내 이름은 윌리엄 댄포스일세. 자네가 만든 꽃밭 얘기를 들어서 잘 알고 있지."

"감사합니다."

"내 거처가 이 근처인데 한번 놀러 오지 않겠나?"

"어떻게 찾아가죠? 여기 지리도 어두운데."

"아, 아무에게나 물어보면 돼."

그날 저녁 캠프 식당에서 저녁을 먹으면서 직원들에게 윌리엄 댄포스(William Danforth)라는 할아버지로부터 초청을 받았는데 그가 누구냐고 물었더니 모두가 깜짝 놀라는 표정을 지었다.

그는 캠프 미니왕카와 동물 사료와 시리얼을 만드는 랠스톤 퓨리나 컴퍼니(Ralston Purina Company)의 창립자이자 회장이었다. 꽃밭 하나로 미국 굴지 회사의 회장과 인연을 맺을 것이라고는 상상조차 하지 않은 일이었다. 누군가는 삶이 우연의 연속이라고 했다는데, 나의 경우도 우연의 연속이었고, 이 우연이 종종 행운을 가져다주었다.

그런데 이번의 우연은 내 삶에 결정적인 행운을 가져다주었다.

다음날 윌리엄 댄포스 가족이 휴식을 취하고 있던 미시간 호 변의 비치 하우스를 찾아갔다. 반갑게 나를 맞이한 댄포스 회장은 저녁을 대접하고는 미시간 러미(Michigan Rummy)라는 카드놀이를 하자고 했다. 나는 미시간 카드놀이를 그로부터 배워서는 3시간여 동안이나 게임을 즐기며 이런저런 얘기를 나누었다. 일부러 져 주었는지 운이었는지는 모르지만, 대부분의 게임을 내가 이기자 댄포스는 '초짜의 행운'이라며 축하해 주고는 매일 놀러 오라고 했다.

나는 이후로도 거의 매일 그를 방문하여 카드 게임을 즐겼고, 그의 가족들과도 친하게 지내게 되었다. 나중에 알게 되었지만, 댄포스는 당시 '4면의 삶'(Four-Fold Living)이라는 생활철학 서적을 출판하여 각광을 받고 있었다. 그의 책은 육체적으로(Physically), 정신적으로(Mentally), 영적으로(Spiritually), 사회적으로 (Socially) 조화를 이루는 삶에 대한 책이었다. 캠프 미니왕카도 그의 생활철학을 기조로 운영되고 있었다.

이렇게 해서 나에게는 행운의 두 스승이 생기게 되었다. 캠프 디렉터 '와제피'가 실생활의 모범을 보인 스승이었다면, 윌리엄 댄포스는 삶의 방향을 이론적으로 지목해준 스승이었다. 미국생활 첫해에 이들에게서 받은 깊은 감화 덕에 나는 거의 매년 여름 캠프 미니왕카에 가서 자연과 벗 삼아 일하면서 나의 내면세계를 살찌울 수 있었다.

나 스스로는 어렸을 적부터 독서를 통해 삶의 의미에 대해서 나름의 사색을 해 왔었고, 탈북하여 한국에서 갖은 고통을 겪으면서도 항상 삶에 대해 진지한 태도를 잃지 않으려고 힘써 왔었다.

한국 땅에서 꺼져가는 등불처럼 위기에 처했다가 되살아나는 체험을 할 때마다 '나는 무엇을 위해 살 것인가?', '왜 살아야 하는가?'

따위의 실존적인 질문을 던졌었다. 어느 날엔가 한 친구가 이르기를 "네가 매일 기도할 필요를 느끼지 않고 산다면, 그거야말로 공허한 삶이다"라는 충고를 해주어 기도하기 시작했었다. 그리고 때로는 기적 같은 체험을 했었다.

하지만 미시간의 미니왕카 캠프에서 두 스승을 만나면서 비로소 나는 앞으로 어떤 삶을 살아야 할지를 구체적으로 고민하게 되었다. '일확천금'의 삶이나 세상을 호령하는 '명예'보다는 자연과 어울리고 인간과 조화로운 관계를 맺으며 사는 삶에 대한 그림이 비로소 그려지게 된 것이다.

나는 두 스승의 말 없는 가르침 속에 무엇을 위해, 어디에 목표 두고 살 것인가를 캠프 미니왕카의 숲 속을 거닐며 생각하고 또 생각했다.

'모두 잘 먹이는 학문'을 전공으로 택하다

내 목표는 캠프 미니왕카에 있는 동안 분명해졌다. 나는 '먹고 사는' 문제를 위해 내 삶을 바치기로 했다. '가장 많은 사람들에게 가장 좋은 것을 주는 것', 농학을 공부하는 일이었다. 내가 고국을 떠나올 당시의 한국은 농업인구가 80%를 넘었었다. 일제시절부터 한국동란

시기까지 내가 본 한국은 기아에 허덕이는 세계에서 가장 가난한 나라 가운데 하나였다.

나 스스로가 고교 시절 노상에서 떡 장사 등을 통해서 입에 풀칠을 했고, 영양실조로 죽음의 위기에까지 이르렀던 경험들이 있었다. 피난시절에는 다방에 들어가 계란 반숙을 시켜서 허기진 배를 채우고는 친구를 볼모 삼아 돈을 구하기 위해 부산 골목을 누볐던 일도 있다. 유엔재건단에서 일하던 시절에는 식구들의 끼니를 때우기 위하여 협잡질, 깡패짓을 하는 청년들과 미군들에게 몸을 파는 여대생들을 목격했던 일도 있었다.

▲ 최근의 캠프 미니왕카(Camp Miniwanca) 웹사이트 화면. 캠프 미니왕카는 동물 식품제조회사 렐스톤 퓨리나의 창립자인 윌리엄 댄포스가 1925년에 미시간 그랜드 래피즈 북쪽에 세운 기독교 리더십 트레이닝 센터이다.

나는 두 번째 학기인 가을학기부터는 농공학(Agricultural Engineering)을 전공하기로 결정하고 그에 맞추어 과목을 듣기로 했다. 그런데 농공학을 전공하려고 보니 사우스 웨스턴 미주리 주립대학은 그 분야의 폭이 너무 좁았다. 여러 교수들을 만나 상의한 결과 내 전공분야에 가장 적합한 학교는 미시간 주립대학이었다. 미시간 주립대학은 농공학은 물론 전체 농학 분야에서 미국 내 최고의 명성을 얻고 있는 대학 가운데 하나였다.

학교를 옮기는 것으로 방향을 정하고는 미시간 주립대학에 전학 지원서를 냈다. 그런데 미시간 주립대학에서는 전학을 허용할 수는 있지만 장학금은 1년이나 2년 후에나 가능하다는 연락이 왔다. 매년 등록금 2천 달러를 자비로 부담해야 공부할 수 있으니 내 형편으로는 도저히 불가능한 일이었다.

진로를 결정한 마당에 물러설 내가 아니었고, 어떻게든 미시간 주립대학으로 가야 한다는 생각에 잠을 설쳐야 했다.

'메마른 도시'에서
'모두를 잘 먹이는' 꿈을 꾸다
[끝나지 않은 수업 17] 미주리에서 미시간으로

미시간 캠프 미니왕카에서 미주리 스프링필드로 돌아온 나는 가을 학기 내내 어떻게 하면 미시간 주립대학에서 농공학을 공부할 돈을 마련할 수 있을지에 대해 고민했다. 여름방학 기간에 여러 군데 아르바이트 일자리를 구해 일을 한다 하더라도 1년에 2천 달러나 드는 등록금을 마련할 길은 없어 보였다.

그런데 학교를 옮기는 문제로 고민하고 있던 그해 겨울 크리스마스이브에 나는 뜻밖에도 슬프고도 낙심스런 뉴스를 접하게 됐다. 댄 포스 회장이 심장마비로 별세했다는 소식이었다.

그가 서거하기 불과 며칠 전에 받은 서신이 내 책상 앞에 펼쳐져 있었다. 그는 서신에서 도움이 필요하면 언제든지 말하라고 했었다.

그의 갑작스러운 죽음에 나는 한동안 슬픔에 젖어 어찌할 바를 모르고 있었다.

한여름 짧은 기간에 맺은 인연이었으나 그가 내게 준 영향과 도움은 의외로 컸다. 그는 정직하고 성실하게 일해서 성공적인 삶을 가꾼 전형적인 미국인이었고, 생의 말년에도 자신이 창설한 캠프에 와서 젊은이들과 어울리며 자신의 생활철학을 전수하려고 애썼다. 가난한 나라의 가난한 청년이었던 내게 그가 보여준 따뜻한 시선과 가르침을 나는 평생 잊지 못한다. 육체와 정신이 사회관계 속에서 균형을 이루는 삶에 대한 그의 강조는 내 삶의 지표 가운데 하나가 되었다.

봄학기가 시작되자마자 나는 미니왕카에 편지를 보내 내 사정을 말하고 올여름에 다시 가서 일을 하려고 하는데 얼마나 급료를 올려줄 수 있는지를 물었다. 며칠 후에 캠프 미니왕카에서 답신이 왔다. 400달러를 주겠다는 희소식이었다. 지난해 여름 캠프 미니왕카의 하루 급료가 1달러였고, 1년 생활비가 400달러였던 것을 감안하면 파격적인 액수였다.

'일당 1 달러'를 벌러 갔다가 만난 '횡재'

사실, 지난 여름 캠프가 끝나기에서 앞서 뜻하지 않은 큰 선물을

▲ 1956년 캠프 미니왕카의 스태프들과 함께. 나는 매년 여름이면 그곳에 가서 아르바이트를 했다. 뒤에서 두 번째 줄 오른쪽에서 두 번째가 한도원

받았었다. 여름 캠프가 다 끝나가던 어느 날 저녁이었다. 캠프 디렉터 와제피 아저씨가 나를 캠퍼 단합집회가 열리는 건물로 오라고 해서 찾아갔더니 수백 명의 캠퍼들이 모여 있었다. 그는 작업복 차림의 나를 단상 위로 불러내 한참이나 칭찬을 하고는 작은 봉투를 내밀었다.

"미스터 한은 여기 함께 일하는 다른 멤버들과 비교해 체구가 아주 작습니다. 그러나 여러분의 숨은 조력자로 캠프의 어느 사람보다도 큰 일을 해냈습니다. 짧은 기간 미스터 한이 이루어낸 큰 일을 우리 모두 두고두고 기억할 것입니다."

숙소에 돌아와서 보니 봉투 안에 400달러가 들어 있었다. 꽃밭을 만들고 열심히 이런저런 잡일을 한 것치고는 '횡재'에 가까운 액수였다. 일당 1달러로 3개월 여름방학 내내 일해도 100달러를 모으기가 힘든 상황에서 4배 이상의 수입을 올리게 된 것이었다. 윌리엄 댄포스 회장과 와제피 아저씨 등 캠프 직원들의 배려가 있었던 것으로 짐작했다. 돈을 모으기 위해 시카고나 뉴욕으로 가서 여름 한 철 일을 한 친구들의 경우를 들어 보니 이것저것 제하고 나면 100~200달러 모으기도 힘들다고 했다.

내가 당시 받은 교훈은, 하고 싶은 일을 하되 지나치게 돈의 액수를 계산하며 살아서는 안 된다는 것이었다. 하지만 당장 미시간 주립대학으로 학교를 옮길 경우 납부해야 할 1년 등록금 2천 달러를 벌기 위해서는 특단의 방법을 강구해야 했다. 나는 그해 여름에도 미니왕카에 가고 싶은 마음이 굴뚝같았지만, 친구들과 시카고로 가서 일을 하면 큰돈을 마련할 수 있을 것 같았다.

▲ 1956년 6월 캠프 미니왕카에서의 망중한

탈북 이후로 하루 두세 가지 일을 해치우는 것은 내게 일상에 가까웠다. 시카고에 가서 죽기 살기로 '2천 달러 마련'에 부딪쳐 보기로 했다. 다행히 그해 여름 시카고에 가서 제법 급료가 좋은 아르바이트 일자리를 얻었다. 우리가 찾아간 회사는 콘티넨털 캔 컴퍼니 (Continental Can Company)라는 회사였는데, 자리가 하나밖에 없었다. 모두 어찌할까 고민하고 있던 터에 한 친구가 고맙게도 "도원이 형에게 기회를 주자"고 주장하는 바람에 내게 일자리가 떨어진 것이다.

이렇게 해서 오전 시간에는 레스토랑에서 4~5시간 접시 닦는 일을 하고 마치자마자 캔 컴퍼니로 내달리는 일이 여름 내내 이어졌다. 캔 컴퍼니에서는 하루 8시간씩 주로 오후 3시부터 조립라인에서 일을 했다. 하루 12시간씩 3개월 가까이 일한 결과, 내 수중에 1천달러가 들어오게 되었다. 당시 기준으로 상당히 큰 돈이었다. 하지만 나머지 1천달러를 어디에서 마련할 것인지 딱히 방안이 떠오르지 않았다.

'평생 은사' 캠프 미니왕카 회장님

그러던 차에 윌리엄 댄포스 재단의 여비서관으로부터 서신이 왔다. 평소 나에 대해 좋은 인상을 가지고 있었던 그녀는 나의 장래 계획과 당장 필요한 것이 무엇인지 알고 싶다고 했다. 나는 농공학을 전공하여 고국의 농촌을 돕고 싶은데 미시간 주립대학이 최적지라는 내용과 등록금 2천 달러 가운데 1천 달러를 마련했지만 나머지 1천 달러가 부족하다는 내용을 간단하게 적어 보냈다.

일을 마치고 집에 돌아온 어느 날 특별 우편이 와 있었다. 우편 봉투를 뜯어 보니 1천 달러 짜리 체크와 함께 메모가 들어 있었다.

"미스터 도원에게 : 댄포스 회장은 도원이 미시간 주립대학에 등록하기를 원했을 것으로 생각합니다. 앞으로 더이상 대학 비용을 걱정하지 않기를 바랍니다. 윌리엄 댄포스 재단은 미스터 도원의 대학 비용 일체를 제공하기로 했습니다."

놀랍고도 감격스러운 일이었다. 겨우 작년 여름 캠프 미니왕카에서 3개월간 일한 것이 전부인 나를 이토록 인정해 주고 장래 학업까지 돕겠다니. 아마도 평소 댄포스 회장이 나를 돕고 싶다는 얘기를 측근들에게 했음이 분명했고, 내가 시카고에 가서 한여름에 땀 흘려 1천 달러를 마련했다는 사실을 기특하게 여겼을 것이란 생각이 들었다.

나는 유학을 오기 직전 서울 길거리에서 우연히 마주친 중학교 시절의 은사이자 바리톤 황병덕 선생님이 선뜻 자신의 첫 월급봉투를 유학비용에 보태쓰라고 손에 들려준 일을 '기억 저장소'에 고이 간직하고 있었다. 얼마전까지만 하더라도 생면부지였던 외국인 청년인 나에게 이런 도움을 베푼 댄포스 씨는 말해서 무엇하랴!

'보이지 않는 손'은 내가 위기에 처해 비트적거리고 있을 때마다 누군가를 통해 걸림돌을 제거해 주었다. 나는 돌아가신 댄포스 회장의 배려에 다시 한 번 고개가 숙여졌고 반드시 학업을 성공적으로 마쳐 그의 도움에 보답하겠다는 각오를 다졌다.

'드라이 시티'에서 꿈을 꾸다

윌리엄 댄포스 재단의 후원으로 나는 1956년 가을학기에 미시간 주립대학 농공학과에 등록했다. 미주리 사우스 웨스턴 주립대학에 비하면 미시간 주립대학은 규모 면에서부터 엄청 큰 차이가 났다. 차로 학교 외곽을 한 바퀴 도는데도 30분 정도나 걸릴 정도로 학교 부지가 넓었고, 그중 농대는 가장 큰 부지를 차지하고 있었다.

미국의 주립대학들이 출발 당시 농대를 설립하는 조건으로 정부가 무상 또는 헐값에 제공하는 부지에 세워졌기 때문이기도 했지만, 미시간 주 정부가 정책적으로 미시간 주립대학 농대를 집중 지원한 덕분이기도 했다.

나는 학교 기숙사에 둥지를 틀고는 매일 농대 건물까지 20여 분간을 달리다시피 해서 수업에 들어갔다. 학교를 가로지르는 좁은 강을

따라 바삐 걸음을 옮기면서
도 항상 전날 들은 수업 과
목 내용을 복기하거나 이런
저런 학업 관련 생각으로
가득 차 있었다. 새로 듣게
된 과목들은 모두가 생소
한 내용이어서 너무 힘에
부치다는 생각이 들었다.

사실상 한국전을 전후하
여 속성으로 고등학교를 졸
업한 처지로 애초에 기초가
부실한 상태에서 유학을 왔

▲ 미국의 유명한 동물사료 회사 퓨리나의 창립
자 회장이자 캠프 미니왕카의 소유자인 윌리엄
댄포스 회장. 그는 나의 든든한 후견인이자 은사
였으나, 1955년 크리스마스 이브에 갑작스레 서
거해 나를 큰 충격에 빠트렸다.

고, 본격적으로 전공과목을 영어로 듣고 쓰고 한다는 것은 여간 어려
운 일이 아니었다. 1년 동안 사우스웨스턴 미주리 주립대학에서 들었
던 교양과정은 차라리 애교 수준이었다.

얼마나 수업 내용이 어렵던지 10월 중순께부터 갑자기 바람과 함
께 휘몰아치는 미시간 눈발만큼이나 혹독하다는 생각이 들 정도였다.
화장실에서도 길을 가면서도 책을 손에서 놓지 않아야 할 정도로 공
부에만 몰두해야 겨우 수업을 따라갈 수 있었다. 아침을 제대로 챙겨
먹을 시간이 없어서 도넛츠를 입에 문 채로 오물거리면서 넓은 교정

을 가로질러 가던 기억이 생생하다.

미시간 주립대학을 품고 있는 이스트 랜싱이라는 도시는 한마디로 '드라이 시티'였다. 가끔 가을철 풋볼 시즌에 풋볼 구장 둘레의 넓다란 잔디에서 차 뒷문을 열어놓고 테일게이트 파티가 벌어지며 떠들썩하기는 했지만 학교 내에서는 물론이고 시내에서조차도 술을 팔지 않았다. 공부에 지친 학생들은 주말에 시 외곽 다른 도시로 빠져나가서 맥주 파티를 벌이곤 했다. 차가 없었던 나는 시내 밖으로 나가기가 힘들었고 수업을 따라가기에도 바빠 농대 건물과 기숙사만 왔다 갔다 했다. 첫 학기에 한 번인가 두 번 정도 도시 밖으로 나간 것이 고작이었다.

수업이 없는 날에는 당시 한인 의사 닥터 치(Dr. Chie)가 운영하던 작은 병원에 가서 아르바이트 일을 했다. 윌리엄 댄포스 재단에서 학비와 생활비를 지원해 주기는 했지만 생각보다 추가 경비가 더 들어갔던 탓도 있었다. 한편으로는 언제까지나 댄포스 재단의 도움만을 기대하고 있을 수는 없는 일이었고, 일하면서 공부하는 것도 어느덧 이력이 붙어 있던 탓이기도 했다. 당시에도 50여 명의 한국 유학생들이 있었는데, 종종 바비큐 파티에 참석하여 외로움을 달래는 일이 유일한 낙이었다.

미시간 주립대학에서 첫 학기를 정신없이 마치고 나니 농학에 대한 감이 잡히기 시작했다. 특히 전공으로 택했던 농공학(Agricultural

▲ 미시간 주립대학. 윌리엄 댄포스 재단의 도움으로 이곳에서 농공학을 공부하면서 고국의 피폐한 농촌을 되살리고자 하는 꿈을 꾸었다.

Engineering) 분야만으로는 한국의 농촌을 기계화할 수 없다는 깨달음이 와서 농기계학(Agricultural Mechanics)도 함께 공부하기로 했다. 농공학이 농기계를 디자인하는 학문이라면, 농기계학은 농기계를 효과적으로 운용하는 방법을 연구하는 학문이었다. 이들 분야 외에 토양학, 교배학, 번식학에 관련된 과목들을 들으며 일단 농학 전반에 관한 이해의 폭을 넓히기로 했다.

나는 미시간 중부의 '드라이 시티'에서 공부로 젊음을 불태우며 피폐한 고국의 농촌을 생각하며 '모두를 잘 먹이는' 꿈을 꾸고 있었다.

갓 24세, 나의 젊음은 농학의 신비한 세계에 빠져들기 시작했다.

매주 왕복 1600km '구애 대장정', 결국 고지에

[끝나지 않은 수업 18] 공항에서 만난 짝사랑 여대생과 결혼

농공학과 더불어 농기계학을 공부하기로 한 나는 밤이나 낮이나 온통 공부에만 매달려야 했다. 죽기 살기로 공부하지 않고는 과목을 따라갈 수도 없었거니와, 어렸을 적 책 읽기에 푹 젖어들었던 체험이 되살아나면서 한국 전란으로 굶주려 왔던 학구열에 불이 붙은 탓도 있었다. 당시 장래 전망이 밝다는 공학이나 경제학, 정치학 등을 전공하는 유학생들이 대부분이었다. 하지만 내게는 농학이 소명이었고 숙명이었다.

1950년대 말 미시간 주립대학은 이미 농학 전 분야에서 미국 최고 수준의 교수진과 시설을 갖추고 있어서 마음만 다져 먹으면 어느 분야건 깊이 있게 공부할 수 있었다. 전공인 농공학과 기계학은 물론 토

▲ 캠프 미니왕카에서 스태프들과 함께. 나는 미시간 주립대학에서 공부하던 당시에도 매년 여름 캠프 미니왕카에 가서 아르바이트 일을 했다.

양학, 교배학, 번식학, 축산학 등의 과목을 닥치는 대로 섭렵해 나가기 시작했다. 배울 만한 것은 뭐든 다 배워야겠다는 생각이 들었다.

특히 농학 분야 중 번식학 과목을 공부하면서 여러 차례 담당 교수의 칭찬을 들었던 것이 떠오른다. 소, 돼지, 염소, 닭 등 동물들의 건강상태를 맨눈으로 감정하는 실습에서 매우 정확하게 동물들의 상태를 짚어내는 눈썰미 덕분에 '블루 리본' 메달을 받은 적이 많았다.

'블루 리본'은 감정능력이 탁월한 학생이 받는 메달이었다. 애완동물을 식구처럼 여기는 문화권에 살고 있는 미국 친구들을 추월하는 감정능력이 내게 있다는 것이 신기하기만 했다.

4년 내내 나는 공부에만 매달려 사는 와중에도 여름 방학 때에는 캠프 미니왕카와 미시간 중부의 농가에 가서 일을 해서 생활비를 벌었다. 학비와 생활비 전체의 후원을 약속한 윌리엄 댄포스 재단에 요청하면 간단히 해결될 일이었지만 모든 것을 거기에만 의존하고 싶지 않았다. 기숙사와 학교만을 왕래하던 생활에서 벗어나 여름 한 철에 자연 속에 파묻혀 일하면서 삶의 지혜를 몸소 터득하는 일이 어느덧 체질화 되고 있는 탓이기도 했다.

자동차산업 도시로도 유명한 플린트 인근의 축산 농가에서 한여름 내내 소젖을 짜고 큼지막한 마른 풀 더미를 싸일로에 넣어 돌리는 작업은 힘들고 고되었다. 새밤늦도록 공부하던 습관이 붙어 느즈막에 잠자리에 들던 터에 새벽 4시에 기상하여 축사로 나가서 먼저 젖 빼는 기계를 깨끗이 닦아내고, 수십 마리의 젖소에서 젖을 빼내는 일은 생각보다 엄청난 에너지와 끈기가 필요했다. 캠프 미니왕카의 아르바이트 일에 비할 바가 아니었다.

하지만, 노동의 가치와 '먹고 산다는 것'의 의미를 자연 속에서 깨닫는 것은 밀폐된 공간에서 연마하는 학문에서 얻는 깨달음과는 또 다른 것이었다. 전공이 농학이었던 탓도 있지만 평안북도 후창 내 고향에서 눈과 귀와 마음으로 안겼던 자연의 품은 어느덧 내 삶의 원기소와 같은 것이 되어 있었다. 여름 방학 내내 자연에서 땀을 흘린 뒤

선선한 가을학기에 새로운 기분으로 공부하는 맛은 아는 사람만 알리라!

결국, 나는 미국에 온 지 5년만인 1960년 봄에 미시간 주립대학교에서 농학사 학위를 받았다. 나는 졸업 후에 고국에 돌아가서 교사를 하기로 예정되어 있었다. 미시간 주립대학 주니어 또는 시니어 때였던 것으로 기억한다. 아르바이트를 하고 있던 캠프 미니왕카에서 그해 여름에 나는 뜻하지 않게 한국에서 방문한 '귀빈'을 만나게 되었다. 일제시절부터 교육자요 여성운동가로 이름을 날리고 있던 박인덕 여사였다.

강연 겸 견학차 캠프 미니왕카에 온 박인덕 여사는 자신이 설립할 학교의 교사 자리를 제안했다. 그러잖아도 귀국 후 일자리를 걱정하고 있던 터에 매우 반가운 제안이었다. 그녀는 농기계학이나 농공학은 써먹을 데가 없다며 차라리 대학원에 가서 축산학을 전공하는 것이 좋을 것이라고 권유했다.

미국에서 대학을 졸업했다고는 하나 당시 한국의 상황으로는 여전히 일자리를 찾기가 매우 어려웠고, 장래의 직업이 어느 정도는 윤곽이 그려진 것으로 판단한 나는 같은 대학에서 석사를 하기로 마음먹었다.

▲ 1나는 50달러를 주고 산 중고 스터드베이커 승용차로 매 주말 왕복 1천 마일(1,600km)의 구애 대장정에 들어갔다. 1960년대 형 스터드베이커(Studbaker) 세단.

왕복 1천마일의 '구애 대장정'에 오르다

석사학위 과정을 밟는 동안 나는 뜻하지 않게 일생일대의 '횡재' 를 맞게 되었다. 그동안의 횡재는 잠시 잠깐 경제적인 어려움을 극적 으로 극복한 것이었으나 이번의 횡재는 일생을 두고 계속될 횡재였다.

그 횡재는 미시간의 봄날에 찾아왔다. 여의도 공항에서 진한 감동 을 주며 나의 기억 저장소에 담아 두었던 여자가 갑자기 캠퍼스에 나 타난 것이다. 그녀의 이름은 김명연, 공항에서 떠나던 날 평생 잊을 수 없는 선물을 한 이화여대생이었다. 노라노 양장점에서 구한 새 와 이셔츠를 수줍게 다른 사람을 통해 들려 보냈던 그녀를 나는 잊은 적 이 없다. 북에서 혈혈단신 탈출하여 고아처럼 지낸 오빠 친구가 유학을 간답시고 나와 서 있는데, 입고 있던 낡은 와이셔츠에 그녀는 너무 가슴이 아팠었다고 한다.

미주리 주립대학에 막 유학을 왔다는 그녀는 미시간 주립대학에서 공부하는 친구를 만나기 위해 이스트 랜싱에 왔다고 했다. 50여 명의 한국 유학생들이 왁자지껄 떠들고 있는 주말 피크닉 장소에 그녀를 대동하고 나타나자 난리가 났다. 한국 여자 유학생은 고사하고, 한국 아줌마조차도 보기 힘든 대학 캠퍼스에 묘령의 여학생이 나타났으니 그럴 만도 했다.

1시간 반 거리의 디토로이트 공항에 한국 여자가 내렸다더라는 소식만 들어도 서로 마중을 나가려고 안달이던 유학생들이었다. 그날 피크닉은 김명연이라는 여학생의 눈길을 잡기 위한 피크닉이 되고 말았고, 나는 갑자기 '의혹'과 '시샘'의 표적이 되었다.

그녀를 미주리로 떠나 보낸 며칠 후 50달러를 주고 중고 스터드베이커(Studbaker)를 구입했다. 그리고 기나긴 1천 마일의 '구애 대장정'이 시작되었다. 매 주말 나는 수업이 끝나자마자 미시간의 이스트 랜싱에서 미주리 스프링필드까지 차를 몰았다. 무려 500마일(805km), 온종일 달려야 하는 거리였다. 그곳에서 1년 반가량 유학생활을 했던 나는 하루나 이틀 친구 집에서 머물며 그녀를 만나고는 일요일 밤늦게 미시간으로 돌아왔다.

나는 공부에 미친 것만큼이나 그녀에게 조용히 미쳐있었다. 말이

500마일이지 부산에서 평양을 거쳐 신의주까지 가는 거리보다 먼거리다. 서울~부산 거리(약 430km)로 치면 약 두 배 되는 거리를 주말에 두 차례 내달린 셈이다. 모두가 가능했던 것은 바위를 뚫고도 남을 열정 때문이 아닐까 싶다.

특별한 일이 있을 때를 빼놓고는 매주 나는 왕복 1,000마일(1,610km)의 거리를 오가며 속만 태웠다. 우연하게도 1962년도를 전후로 미국의 유명한 혼성그룹인 피터 폴 앤 메리가 부른 '500마일(500 miles)'이라는 노래가 유행했던 것이 기억난다. 어쨌거나 나는 500마일 거리를 중고차로 왕복하며 그녀를 만났지만, 단 한마디도 '사랑한다'거나 '좋아한다'거나 하는 말을 하지 못했다. 아니, 할 수가 없었다.

내가 누군가. 부모도 없고, 돈도 없고, 학벌도 별 볼 일 없고, 장래도 불확실한 처지가 아닌가. 그녀는 누군가. 부친은 정부 고위관리를 지냈고, 경기여고와 이화여대를 졸업한 미모의 유학생이었다. 연애결혼이 흔한 지금과는 달리 그때는 양갓집 처녀라면 눈들이 높아서 확실한 집안의 확실한 학벌과 학력의 장래가 촉망되는 청년이 아니면 거들떠보지도 않던 시절이었다.

그녀는 처음부터 '공부를 하러 왔다'고 못을 박아 말할 만큼 단단한 방호벽을 치고 있었다. 미시간의 피크닉 장소에서도 다른 유학생을 대하는 태도를 보고 마음속으로 크게 낙담했었다. 나를 대하는 태도와 그들을 대하는 태도에서 큰 차이를 느낄 수 없었기 때문이었다.

▲ 매 주말 왕복 1천 마일을 달린 '구애 대 장정' 끝에 결국 나는 김명연과 결혼에 성공했다. 그녀는 나의 평생 '횡재'가 되어 주었다. 사진은 약혼 후에 미시간 캠프 미니왕카 인근의 호수에서 찍은 사진.

자신을 만나기 위해 왕복 1천 마일을 달리는 나의 심정을 모를 리가 없을 터이지만 속이 깊고 침착한 표정의 그녀는 늘 온화한 볼우물의 미소로만 나를 대했다. 딴은, 그렇게라도 해서 만나 준 그녀가 고맙기는 했지만 일방적인 사랑의 뒷맛은 늘 씁쓸하고 허허롭기만 했다.

종종 편지로 이리 돌리고 저리 돌려서 겨우 '고백'이라는 걸 했으나 묵묵부답 모르는 체했다. 이제나저제나 고백할 기회만을 보기로 하고 나의 말 없는 구애 대장정은 계속됐다. 그리고 드디어 기회가 왔고, 나는 그 기회를 놓치지 않았다. 이번에도 미시간의 대자연이 실마리가 되어 주었다. 아주 자연스럽게.

캠프 미니왕카의 녹음 속에서 약혼

석사과정 2년 차 여름이었던 것으로 기억한다. 나는 함께 아르바이트 일을 하자며 그녀를 캠프 미니왕카로 초대했다. 그녀는 주로 캠퍼들의 식사를 돕는 일을 했고 나는 도로와 정원을 관리하는 일을 했다. 모두가 제 각자의 숙소로 돌아가고 풀벌레 소리만 정적을 깨던 어느 날 밤, 그녀와 단둘이 캠프 안에 있게 되었다. 나는 거금 50달러를 주고 마련한 다이아몬드 반지를 그녀에게 내밀었다. 그러고는 단 한 문장으로 말했다.

"명연, 나와 결혼해 주지 않을래?"

흠칫 놀란 그녀가 고개를 가로저으며 말했다.

"미안해서 어쩌죠? 나는 공부하러 왔는데요."

그녀가 언뜻 슬픈 표정까지 지어 보이며 단칼에 거절하는 바람에 입이 바싹 타고 목구멍까지 컬컬하고 뻣뻣해지는 듯했다. 겨우 정신을 차리고 한 말은 "반지는 내 손을 떠난 것이니 가지고 있든 버리든 알아서 하라"고 말하고는 조용히 나와 버렸다. 내 숙소로 돌아온 나

는 스스로 '내 진심을 모아 단 한 번뿐인 고백을 했으니 여한은 없다'
고 되뇌며 애써 잠을 청했다.

그로부터 며칠 후 캠프가 거의 끝나가던 어느 날 저녁, 그녀가 조
용히 다가와서 내게 말했다.

"나 결혼할래요!".

왕복 1천 마일의 거리를 수없이 달리면서 나의 진심을 전하려고
수년 동안 들인 공력에 대한 답변치고는 너무 간결했다. 당시 미시시
피 주립대학에서 강사로 있던 한국 남자의 프러포즈를 물리치고 나를
택한 그녀가 위대해 보이기까지 했다.

다음날 캠프 식구들이 소식을 듣고 법석을 떨었다. 나의 '캠프 스
승'인 와제피 아저씨는 온 캠프 스태프들에게 우리의 약혼 소식을 알
리고 녹음이 우거진 미니왕카 숲 속에서 조촐하게 축하 파티를 열어
주었다.

그로부터 1년 후에 우리는 내가 공부하고 있던 미시간 이스트 랜
싱에서 결혼했다. 결혼하던 당일의 웃지 못할 에피소드가 있다. 결혼
식 당일 이리저리 빌린 예복을 입고 바삐 식장에 도착했더니 주례를
서기로 한 교수가 신부에게 줄 결혼반지를 가져왔느냐고 물었다. 아
차 싶었다. 약혼반지와는 별도로 결혼반지를 준비해야 하는지를 미처
생각하지 못했던 것이다. 나는 급한 마음에 동네 액세서리 가게에 들
러 아이들이나 끼고 소꿉놀이를 하는 장난감 반지를 급히 구해와서는

무사히 결혼식을 마쳤다. 공부로 바쁘고 여윳돈도 없던 나를 아내는 따뜻한 미소로 이해해 주었다.

1963년 봄에 석사학위를 마친 나는 아내가 있는 미주리 스프링필드로 옮겨와 아파트에 신접살림을 차렸다. 아내는 미주리 주립대학에서 가정경제학 석사과정을 밟고 있었다. 애초 우리는 한국에 들어가 살 계획을 세우고 공부를 먼저 마친 내가 한국에 들

▲ 매 주일 주말 미시간 이스트 랜싱에서 미주리 스프링필드까지 왕복 1천 마일을 달린 구애 대장정을 한 끝에 1963년 봄, 김명연과 결혼하게 되었다. 그녀는 1955년 여의도 공항에서 나에게 와이셔츠를 선물했는데, 나는 그때의 일을 오랫동안 간직하고 있었다.

어가 직장을 잡을 생각이었다. 그러나 당장은 한국의 예정된 직장에 갈 수가 없게 되었다. 그동안 봄학기에 시작하던 한국의 학제가 바뀌어 가을부터나 강의를 할 수 있다는 것이었다.

미시간 주립대학 시절 캠프 미니왕카에서 만나 자신이 설립한 학교의 교사직을 약속한 박인덕 여사는 "차라리 공부를 더 하고 오면 어떻겠느냐"고 했다. 박사학위까지 마치고 오라는 얘기였다. 겨우 생활을 꾸려 나가는 형편이어서 꿈도 꾸지 못할 얘기였다. 아내와 나는

닥치는 대로 일을 해야 하는 처지였다. 아내는 주로 지역 병원에 가서 간호사와 환자들을 돕는 일을 했고, 나는 레스토랑이나 컨비니언스 스토어에서 밤낮으로 일을 해서 살아가고 있었다. 이런 처지에서 박사과정에 대한 꿈을 꾼다는 것은 상상할 수 없는 일이었다.

내분비학 석학 "나와 함께 일해보지 않겠나?"

뚜렷한 직장 없이 6개월여를 견뎌야 한다고 생각하니 초조하기 그지없었다. 혼자 몸일 때에야 목숨만 유지하면 됐지만 이제는 사랑하는 여자를 아내로 맞아들인 가장의 처지이니 얘기가 달랐다. 나는 평소 나에 대해 좋은 인상을 갖고 있던 미시간 주립대학 교수에게 연락을 취해 나의 사정을 얘기하고 무슨 방도가 없겠느냐고 물었다. 그 교수는 "미주리 대학 동물학과에 내가 잘 아는 유명한 교수가 있는데 편지를 써 줄 테니 찾아가 보라"고 했다. 6개월 동안 허송세월로 시간을 보내느니 그 교수에게 찾아가서 과목을 들어보라는 것이었다.

이렇게 해서 나는 예정에도 없이 컬럼비아에 있는 미주리 대학(University of Missouri)에 등록하여 생전 처음으로 내분비학(Endocrinology) 과목을 수강하게 되었다. 그 과목을 가르치는 교수는 이미 미국 학계에서 잘 알려진 찰스 터너(Charles Turner)였는데 은퇴를 앞두고 있는 노인이었다. 처음 과목을 들을 때만 해도 그 노장 학자로 인해 나의 진로가 바뀌게 될 것이라고는 상상도 하지 못했다.

찰스 터너 교수가 가르치는 내분비학 과목은 유난히 토론이 많았다. 어느 날 어떤 주제를 놓고 열띤 토론이 벌어졌다. 수업이 거의 끝날 즈음 내가 어떤 질문과 함께 코멘트를 했는데 터너 교수가 진지하게 듣는 표정이었다. 수업이 끝난 후 그가 "잠깐 보자"고 해서 연구실에 따라 들어갔다. 갑자기 나에게 뜬금없는 제안을 했다.

"미스터 도원, 내 과목에 매우 흥미가 있는 것 같은데, 나와 함께 일해보지 않겠나?"

그는 놀랍게도 내게 연구조교(Research Assistant)직을 제안하면서 실험실 일을 도와달라고 했다. 한마디로 그의 제안은 나에게 박사과정을 하라는 권유였다. 나를 더욱 고무시킨 것은 연 4천 달러를 급료로 주겠다는 것이었다. 당시 아파트 월세가 100달러였던 시절이었으니 우리 부부에게는 횡재나 다름없는 거금이었다. 생활은 물론이고 박사과정을 밟을 수 있는 절호의 기회였다. 우리는 며칠간 진로를 고민한 끝에 그의 제안을 흔쾌히 받아들이기로 했다.

애초 대학만 졸업하고 고국에 돌아가려고 했던 나는 석사를 마친 후에 갖게 된 6개월의 빈 시간에 삶의 행로를 바꾸게 되었다. 1960년대 초반은 앞뒤 돌아보지 않고 달려온 나의 '1천 마일의 삶'에 보상을 안겨주며 학업의 또 다른 세계로 나를 인도했다.

생쥐와 놀던 나,
'산아제한' 연구에 매혹되다

[끝나지 않은 수업 19] 학위 취득, 그리고 연구소에서 잡은 또다른 진로

운 좋게도 미주리 대학에서 유명 내분비학 교수의 조교가 되고 박사과정을 공부하게 된 나는 아침 6시부터 실험실에서 살다시피 했다. 지금도 생생한 기억은 실험실 첫날 생쥐의 껍질을 벗기면서 손을 덜덜 떨었던 일이다.

터너 교수가 배정한 실험실에 들어갔더니 선임 박사과정 학생들이 생쥐 한 마리를 쥐여 주면서 앞가슴 껍질을 벗겨내고 젖가슴을 도려내라고 했다. 세상에 쥐를 좋아할 사람은 거의 없을 터이고, 보기만 해도 징그러운 살아 있는 쥐의 껍질을 벗기는 것도 모자라 그 속에서 조그맣고 하얀 젖가슴을 도려내라니! 몇 번의 실패 끝에 결국 나는 눈을 질끈 감고 그 일을 해냈다. 을지로 육정목 대로에서 '찹쌀떡' 이라

는 말을 외칠 수 있느냐 없느냐가 나의 삶을 결정한다고 다짐했던 그 마음가짐으로 끔찍한 일을 해낸 것이다.

박사과정 초기의 생활은 그야말로 눈코 뜰 새 없이 바빴다. 나는 나대로 아내는 아내대로 공부하랴 아르바이트를 하랴 살림을 꾸리랴 정신이 없었다. 우리 부부는 서로 집에 들어오는 시간과 나가는 시간이 다를 때가 많아 한자리에 앉아 느긋하게 얼굴을 볼 시간조차 없을 정도였다.

학교 공부도 전문분야가 정해지고 나니 각별한 집중력이 필요했고, 이런저런 필수과목에 대한 스트레스도 이만저만이 아니었다. 하지만 찰스 터너 교수가 나의 공부에 크게 관심을 기울여 주었고 일상적인 상담까지 해 줄 정도로 잘 대해줘 새로운 분위기에 적응하는 데 큰 어려움이 없었다.

머리가 하얗고 걸음걸이가 불편할 정도로 나이가 든 찰스 터너 교수는 주변의 시선도 아랑곳하지 않고 가난한 나라의 가난한 유학생인 우리 부부를 자주 저녁 식사에 초대했다. 당시 그를 따르고 존경하는 교수와 학생들이 많았고, 특히 교환 프로그램으로 온 인도 유학생들의 다수가 그의 밑에서 박사과정을 공부하고 있었다.

그런데도 터너 교수가 내게 유난히 잘 대해 준 것은 누구보다도 아침 일찍 실험실에 가서는 밤늦게까지 일하고 수업 시간에도 충실히 임해서 좋은 성적을 올리고 있었기 때문인 것으로 보였다. 나는 늘 그의 지근거리에서 충실하게 조수 노릇을 하며 그의 일거수일투족으로부터 뭔가를 배우려 했다.

이 와중에 우리 부부는 첫 아이를 갖게 되었다. 결혼한 지 1년만인 1964년이었다. 아들 이름은 지도교수인 찰스 터너 교수의 이름을 따서 찰스라고 지었다. 내 학업의 은사일 뿐 아니라 생활까지도 도움을 준 터너 교수에 대한 고마움을 잊지 않기 위해서였다. 찰스가 태어날 때 아내가 입원한 병원비가 100달러 정도였는데 우리는 그 병원비조차도 터너 교수로부터 빌린 돈으로 해결해야만 했다.

찰스가 태어난 것은 나에게 각별한 의미가 있었다. 16세에 북한을 탈출하여 사고무친에 적수공권이던 내가 비로소 완전한 '가족'을 이룬 것이다. 한국에서 가족이 없다며 대학입학을 거절당하고, 여권과 비자를 받을 때도 호적이 없어 얼마나 고초를 겪어야 했던가! 찰스가 태어나던 날, 나는 북에 두고 온 가족들을 떠올리며 착잡한 기분에 빠지기도 했다.

부모님이 손자가 태어난 사실을 아시면 얼마나 기뻐하실까. 침대 위에 함께 누워있는 사랑스러운 아내와 아들을 보다 허공을 응시하다 어머님과 아버님 그리고 동생들의 얼굴이 떠올랐다. 찰스가 태어난 후로 우리 부부는 더욱 바빠졌지만 어느 때보다도 즐겁고 행복했다.

생쥐와 친구로 보낸 박사과정

박사과정 공부는 하면 할수록 흥미로웠다. 터너 교수 밑에서 내가 하는 공부란, 쉽게 말하면 어떻게 하면 각종 호르몬을 포유동물에 투입하여 젖의 생산량을 늘릴 수 있는가 하는 것이었다. 특정 호르몬을 투입하거나 여러 호르몬을 배합 투입하여 젖의 생산량을 높이고자 하는 연구는 당시 미국은 물론 구라파 국가 등 서구 선진국의 내분비학계에서 매우 활발하게 진행되고 있었다.

애초 식량증산을 통해 굶주림의 문제를 해결하기 위해 농학을 공부하려던 나는, 이제 동물들에서 나오는 먹거리 증산으로 관심을 옮겨가게 되었다. 그리고 나중에는 전혀 다른 방향에서 이 문제에 접근하게 되었다. '전혀 다른 방향'이란 인구의 자연 증가를 억제하여 한정된 먹거리의 몫을 늘리는 것이었다. 흥미롭게도 '증산'을 염두에 둔 '호르몬 조절' 연구는, 역으로 '감산'을 연구하는 학문인 피임과 필연적으로 연결될 수밖에 없었다. 결국, 박사과정에서 집중적으로 공부한 호르몬 조절에 관한 연구는 나중에 나의 전문분야가 된 경구피임약 개발로 귀결되었다.

포유동물의 호르몬 조절을 통한 먹거리 증산과 관련된 실험의 한 예를 들어 보기로 한다. 보통 쥐 한 마리는 14마리 정도의 새끼를 낳는다. 이 가운데 6마리는 없애고 8마리만 남겨둔다. 이 새끼 쥐들을

▲ 1967년 봄, 나는 미주리 대학에서 내분비학 (Endocrinology) 연구로 박사학위를 받았다. 미국에 도착한 지 12년, 박사과정을 시작한 지 3년여 만의 일이었다. 사랑하는 아내와 아들 찰스와 딸 헬렌을 두고 있던 나에게는 생애 최고의 봄날이었다.

어미 쥐와 밤새 격리시켜 놓고, 다음 날 새벽에 1시간 정도 젖을 먹여 몸무게를 재어 전체 새끼 쥐들이 흡수한 젖의 양을 측정한다. 그런 다음에는 어미 쥐에 특정 호르몬을 투입하고 시간이 지난 뒤 다시 새끼 쥐들에게 젖을 먹인 뒤 새끼 쥐들의 전체 몸무게를 다시 측정한다.

결국, 두 차례의 서로 다른 실험에서 측정된 새끼 쥐들의 몸무게의 차이를 통해 특정 호르몬이 어미 젖을 증가시키는데 얼마나 효력을 발휘했는지를 알 수 있게 된다. 한마디로 말하면 우리의 연구는 서로 다른 호르몬제를 투여했을 때 젖의 양이 어떻게 달라지느냐에 대한 것으로, 장래에 획기적인 호르몬 발견 또는 개발을 염두에 둔 것이었다. 당시 나의 학업 가운데 한가지 예를 들었지만, 어떤 과목의 수업이든 나의 관심 분야는 어떻게 하면 인간의 먹거리 문제를 해결하느냐는 것과 관련이 되어 있었다.

박사과정 중 가장 힘들게 공부한 과목은 생화학(Biochemistry)이었지만, 대부분의 과목들은 매우 즐겁고 재미있게 공부했다. 이렇게 해서 박사학위 필수 과목들을 마치고 논문을 쓰기 전 마지막 관문인 어학시험과 박사 논문 자격시험(Qualifying Examination)을 남겨 두었다. 당시 상당수의 박사과정 학생들이 두 가지 외국어가 필수인 어학시험에 떨어져 낙오되는 경우가 많아서 바짝 긴장했다. 독일어와 프랑스어를 택한 나는 1년여의 공부 끝에 교수가 지정해준 독어 불어 전공 서적을 번역하는 어학시험을 통과했고, 전공분야 과목을 테스트하는 박사 논문 자격시험도 무사히 통과했다.

이제 마지막 남은 관문은 논문이었으나 큰 어려움 없이 끝낼 수 있었다. 평소의 실험 결과를 논문 작성 지침에 따라 정리하는 정도였다. 논문 최종심사는 의외로 싱겁게 끝났다. 지도교수를 비롯한 6명의 심사위원 교수들이 소회의실에서 한 시간 정도 최종 심사(디펜스)를 마친 후 문밖에서 기다리고 있던 나를 안으로 들게 하더니 "닥터 한, 축하하네!"라며 악수를 청했다. 마침내 내 전공분야의 박사가 된 것이다. 1967년 봄, 미국에 도착한 지 12년, 박사과정을 시작한 지 2년 8개월 만의 일이었다. 사랑하는 아내와 아들 찰스와 딸 헬렌을 두고 있던 나에게는 생애 최고의 봄날이었다.

그날 우리는 집에서 조촐한 자축 파티를 했고, 나는 한국의 장인어른에게 전화하여 학위 취득을 알렸다. 귀한 딸을 '삼팔따라지'에게 뺏겨 내심 못마땅해 하시던 장인어른은 크게 기뻐하시며, "영어를 배워 딸과 손주들을 보러 미국에 가겠다"고 하셨다. 애석하게도 얼마 지나지 않아 장인어른은 별세하여 미국에 오시지 못했다.

그해 봄 아내도 미주리 대학에서 가정경제학 석사를 취득하여 겹경사가 났다. 두 아이를 키우고 아르바이트를 하며 나를 뒷바라지하고 석사 학위까지 취득한 아내가 존경스럽고 자랑스러웠다.

미주리의 봄날… 나는 박사, 아내는 석사

아내와 함께 학위를 마친 우리는 일단 한국의 대학에 일자리를 알아보기로 하고 미국에서 알고 지내던 몇몇 한국인 교수들과 서울의 친구들에게 연락했다. 하지만 날아든 소식은 하나같이 실망스러운 소식들이었다. 나의 전공분야의 자리가 많지도 않았지만 무엇보다도 '학연'이라는 장벽이 가로막고 있었다.

자리가 있다 하더라도 우선적으로 자기 학교 출신을 뽑기 때문에 나에게 차례가 돌아오기는 힘들다는 것이었다. 서울에서 겨우 고등학교를 졸업했고, 대학교도 '뿌리도 없고 돈도 없다'며 입학을 거절당해 유학을 와서 대학과 대학원을 모두 미국에서 마친 내가 설 자리는 어디에도 없었다.

아이 둘을 키우며 공부하느라 빚까지 지고 있던 우리는 미국 여기저기에 일자리 응모 원서를 보냈다. 하지만 어느 곳도 오라는 데가 없었다. 학위를 마쳤으나 당장 렌트비와 식구들 입에 풀칠을 걱정할 처지가 되니 당황스러웠다. 며칠을 고민하던 끝에 몇몇 연구소에 박사후 과정(Postdoctorate) 일자리를 응모했다.

그러던 어느 날, 보스턴의 워세스터 재단(Worcester Foundation) 연구소에서 포드 재단 펠로십(Ford Foundation Fellowship)을 주겠다는 연락이 왔다. 안도의 한숨이 나왔다. 비록 대형 회사나 대학은 아니었으나 내가 하던 전공분야의 커리어를 쌓을 수 있는 좋은 기회였다. 더구나 1년에 8,500달러라는 거금을 제공한다는 조건이었다. 당시 일반 대학이나 연구소의 박사후 과정 급료가 연 6,000달러 정도였던 것을 감안하면 적지 않은 돈이었다.

화창한 봄 어느 날, 우리는 이삿짐 차를 빌려 보스턴으로 이전해서 새로운 터전에서 일을 시작하게 되었다. 나의 전공 분야를 더욱 살찌울 수 있다는 기대감에 가슴이 설렜다. 실험생물학(Experimental Biology) 분야의 유명 연구소인 웨세스터 재단은 번식생물학(Reproductive Biology) 분야의 대가들이 초빙되어 강의를 하는 곳으로 알려져 있었다. 당시 생물학도라면 한 번쯤 와서 연구하고 싶어 하는 연구소였다. 특히 최초로 경구피임약을 개발한 연구소로도 잘 알려져 있었다.

정식 일자리를 구하다 우연처럼 얻게 된 워세스터 재단에서의 박사후 과정은 나의 장래 직업에 중대한 지렛대 역할을 해 주었다. 나는 이곳에서 비로소 장래 전문분야가 된 피임약 개발을 본격적으로 공부하게 되는 계기를 맞게 되었다. 나중에 안 일이지만, 워세스터 재단은 '여성은 자기 몸의 주인' 이라는 기치와 함께 산아제한 운동의 선구자이자 여성해방운동가로 명성을 날리고 있던 마가렛 생어가 적극 지지하고 후원하는 연구소였다.

마가렛 생어(Margaret Sanger)는 워세스터 재단의 석좌 연구가로 노벨상 후보로까지 거론된 적인 있는 그레고리 핑커스(Gregory Pincus)를 찾아가 먹는 피임약을 개발해 달라고 요청하며 여성을 임신의 공포로부터 해방시키자고 제안했다고 한다.

당시 핑커스 박사는 호르몬 조절로 임신을 조절하는 것이 가능하다는 연구결과를 발표하는 등 경구피임약 개발의 대가로 알려지면서 여성해방운동가들로부터 큰 관심을 받고 있었다. 핑커스 박사는 호르몬 조절을 통한 피임약의 개발을 위해 영국 케임브리지 대학에 있던 중국 출신의 생물학자 엠시 챙(M.C. Chang)을 데려올 정도로 경구피임약 개발에 대단한 열정을 쏟고 있었다.

결국, 산아제한을 위한 모금운동 등을 벌여오던 생어를 비롯한 여성해방운동가들과 포드 파운데이션의 적극 지원에 힘입은 워세스터 재단은 막대한 자금으로 경구피임약 개발에 앞장서게 되었고, 1960년 이에 성공했다. 이전에 여성의 난자에서 나오는 호르몬인 프로게스테론(Progesterone)을 주사액으로 만들어 여성의 몸에 투여했던 것에 비하면 획기적인 것이었다. 프로게스테론은 기본적으로 난자 생산을 방지하는 호르몬으로 그레고리 핑커스와 엠시 챙의 연구결과에서 입증된 것이었다.

'산아제한' 연구에 매혹… 오르소에 취업하다

이 같은 피임약 분야의 대 연구가들이 버티고 있는 워세스터 재단의 200여 명의 연구원들과 어깨를 함께한 가운데 나는 이제까지와는 다른 새로운 학문의 세계를 맛보기 시작했다. 전반적으로 번식생물학(Reproductive Biology) 연구기관인 웨세스터 재단에는 경구피임약 개발을 위해 12명의 연구원을 따로 두고 있었다. 이 연구소에서 받은 경구피임약 분야에 대한 학문적 자극은 사실상 나의 장래 연구에 중대한 길잡이 역할을 하게 되었다.

워세스터 재단에서 2년 정도 연구원으로 근무한 후, 우리는 이번에야말로 정식 직업을 구하기로 하고 나의 전공과 관련하여 미국 전역은 물론 해외에도 취업지원서를 보냈다. 이번에는 얼마 지나지 않아 네 곳의 회사에서 답신이 왔다. 어느 회사를 선택할지를 놓고 아내와 장시간 논의한 끝에 파리의 한 사설연구소는 우선적으로 제외했

▲ 존슨앤드존슨 계열사인 오르소 제약 연구원 시절

다. 아이 둘을 가진 형편으로는 해외로 삶의 터전을 옮긴다는 것이 불가능해 보였고, 언어도 문제였다. 다른 하나는 캘리포니아에 위치한 회사였는데, 동부에서만 지내온 우리가 서부로 멀리 옮겨가서 다시금 새 분위기에 적응하기가 쉽지 않을 것이라는 생각이 들어 이 또한 제외하기로 했다.

이제 남은 곳은 오하이오 신시내티의 회사와 뉴저지의 회사였다. 아내와 나는 두 회사를 놓고 저울질하다가 결국은 뉴저지에 있는 오르소 제약회사(Ortho Pharmaceutical Co.)로 가기로 했다. 오르소 제약회사는 미국이 자랑하는 세계적 제약회사인 존슨앤드존슨의 계열사였다. 오르소 제약회사를 선택한 가장 큰 이유는, 박사후 과정에서 연구원으로 근무한 워세스터 재단과 가까운 거리에 있다는 점이었다. 나는 워세스터 재단에 있는 동안 경구피임약 분야의 연구에 큰 매력을 느껴 왔고, 거기에는 나의 멘토인 게이블 바이얼리(Gable Bialy) 박사가 있었다. 사실상 내가 오르소 제약회사를 선택한 결정적 계기는 게이블 박사 때문이었다.

어느 곳으로 갈지를 결정하지 못하고 있던 어느 날, 나는 게이블 박사를 찾아가 의견을 구했다. 그는 나 스스로 세가지 질문을 해 보라고 했다. 그 질문이란, '장래에 노벨상을 받기를 원하나?', 아니면 교수가 되고 싶은가?, 그도 아니라면 '연구가로 생을 마칠 생각인가?' 였다. 나는 오로지 내 분야의 연구에만 몰두하고 싶다고 했다. 그는 오르소야말로 연구에 매달리기에는 최적의 회사라고 추천했다.

이렇게 해서 선택하게 된 오르소 제약회사는 나의 평생직장이 되어 우리 가족에게 삶의 터전은 물론이요, 일생일대의 보람과 영예를 안겨준 잊을 수 없는 곳이 되었다.

미국 최초의 제3세대 경구피임약,
이렇게 만들어졌다

[끝나지 않은 수업 20] '말썽' 일으킨 신참 연구원, 신약 개발의 '보물'이 되었네

1968년 9월 존슨앤드존슨 계열사인 오르소(Ortho) 제약사에 준과학자로 입사하기는 했지만 처음 수개월 동안은 불안한 나날을 보내야만 했다. 번식 연구 그룹에 배속되었지만, 출근 첫날부터 내게는 특정 일거리가 주어지지 않았고 매일 다른 연구원들의 실험과정을 관찰하는 일이 전부였다.

연구소에 들어오자마자 선임 연구원들은 앞으로 1년 안에 눈에 띄는 연구 성과를 내지 못하면 곧바로 해고될 것이라고 귀띔해 주었던 터여서 초조함이 더해갔다.

3개월여간 별다른 하는 일이 없이 지내던 어느날, 더는 참을 수가 없어 나를 지휘 감독하는 디렉터를 찾아가 "이제 어떤 일을 할 때가

되지 않았냐"며 일거리를 달라고 요청했다. 그는 슬며시 미소를 짓더니 내게 두툼한 책 한 권을 던져주고는 요점을 정리하고 무슨 문제점이 있는지, 코멘트할 내용이 있는지 찾아보고 하라고 했다. 그가 건네준 책은 그의 지휘 아래 임상실험 초기 단계에 접어든 피임 합성제 개발과 관련된 내용들이었다.

오랜만에 처음 주어진 과제인지라 나름 실력을 총동원하여 일주일에 걸쳐 연구팀이 해온 실험 결과를 꼼꼼하게 검토하기 시작했다. 그런데 아직 신참에 불과한 내가 보기에는 이제까지의 실험 결과라는 것이 허술하기 짝이 없었다.

▲ 존슨앤드존슨의 계열사 오르소(Ortho) 제약 연구소의 현재 실험실 건물. 쥐와 토끼를 이용한 피임약 임상실험을 계속했다.

연구 결과를 다 검토한 어느 날, 디렉터를 찾아가서는 "현재까지의 임상실험 결과에 문제점이 너무 많아 보인다"며 다른 실험을 해 보는 것이 어떠냐고 제안했다. 팀장은 미덥지 않은 표정을 지으며 "그렇다면 한 번 해보라"며 허락했다.

이후로 나는 3개월 동안 밤이나 낮이나 쥐와 토끼 등을 이용한 새로운 임상실험에 매달렸다. 그런데 실험 결과는 연구팀 디렉터가 지휘한 임상실험 결과를 정면으로 반박하는 내용이 되고 말았다. 전혀 예상치 않은 실험 결과에 디렉터는 붉으락푸르락하며 어쩔 줄 몰라했다. 더구나 다른 고위급 연구원과 선임 연구원들의 임상실험들도 팀장의 결론을 뒷받침하는 것이었으니 그의 분노는 당연하였을 터였다. 나는 의도치 않게 외톨이가 되고 말았다. 자칫 몇 개월 후면 해고를 당할지 모른다는 불안감이 몰려왔다.

"지금 하고 있는 연구는 엉터리!" 회사를 뒤집어 놓다

불안한 나날을 보내던 어느 날, 내분비과 연구팀을 포함한 오르소 제약사 전체 이사회가 열린다는 사내공고가 게시되었고, 나도 반드시 참석하라는 공문이 내려왔다. 이사회 당일 회의장 안에 들어서니 각 연구 분야 과장들과 디렉터들이 심각한 표정을 한 채 자리를 잡고 앉아 있었다. 긴장하지 않을 수 없었다. 아니나 다를까, 회의가 시작되고 나서 나의 실험 결과가 문제를 불러일으켰음을 바로 알게 되었다. 연구팀 디렉터는 내게 실험 결과는 물론 절차를 상세히 설명하라고 요청했다. 설명을 다 들은 후 그가 단도직입적으로 물었다.

"닥터 한, 현재 개발하고 있는 합성제가 임상실험에서 효력을 발휘하고 있다고 생각하나? 합성제가 새로운 약으로 개발될 가능성이 있다고 보나?"

나는 머뭇거림 없이 바로 답했다.

"아뇨, 나는 그렇게 생각하지 않습니다."

놀란 표정의 그가 이유를 설명하라고 했다. 나는 명료하고도 확신에 찬 어조로 요약했다.

"현재 임상실험 중인 합성제는 물론 효력을 발휘할 겁니다. 하지만 기존의 다른 합성제들과 차이를 발견할 수 없습니다. 독특한 새로운 약이 되지는 못할 것입니다."

고개를 끄덕이던 그가 "다음 이유는?"이라고 물었다.

"현재의 합성제는 위험하기 짝이 없습니다. 이미 밝혀졌듯이 원숭이에게 종양을 일으켰습니다. 독특한 새로운 합성제를 내놓지 않는 한 현재의 합성제가 신약으로 탄생하기에는 무리가 있습니다."

여기까지 말하고 나서 나는 좀 더 자신감 있는 어조로 결론을 맺듯 말을 이었다.

"성공적인 신약의 탄생은 세 가지 요소가 갖춰져야 한다고 알고 있습니다. 첫째, 새로 개발된 약이 얼마나 효력이 있는지, 둘째, 안전성이 입증되었는지, 셋째, 독특성을 인정받을 수 있느냐는 것입니다. 나는 현재 임상실험 중인 합성제는 이 같은 세 범주 모두에 부합하지 않다고 판단하고 있습니다."

▲ 오르소 제약회사 연구원 시절.

그런데 나의 말이 끝나자마자 즉각적인 반응이 상기된 얼굴의 디렉터에게서 나왔다. 그는 그 자리에서 최고 선임인 수석 연구원을 바라보며 작심한 듯 말했다.

"저의 결심을 밝힙니다. 이제껏 합성제를 개발하기 위해 수백만 달러의 돈을 들였지만, 현재의 프로젝트를 중단할까 합니다. 모든 연구팀들은 현재 진행 중인 실험을 3개월 이내에 마치도록 요청합니다."

디렉터의 단호하고도 신속한 결정은 나에게는 놀라움을 넘어서 충격적이기까지 했다. 등에서 식은땀이 나는 것을 느낄 정도였다. 부끄러움을 무릅쓰고 학자적 양심과 고결한 인품을 보여준 그 디렉터에게 머리가 숙여졌다.

하지만 그 사건은 나 스스로에게도 큰 교훈을 주었다. 내가 뱉어내는 말 한마디를 매우 조심해야 한다는 것이었다. 연구팀 디렉터는 나의 실험 결과와 설명만을 듣고 회사의 명운이 걸릴 수도 있는 중대한 결정을 내린 것이다. 나는 한 회사에 속한 과학자로서 책임감이 막중하다는 것을 처음부터 몸에 익히게 되었다.

시간이 흐른 후에 생각해 보니 당시 나의 행동은 당돌했을지라도 결과적으로 회사에 중대한 공헌을 했음이 분명했다. 나의 반발로 중단된 프로젝트 덕분에 회사는 막대한 재정적 피해를 줄일 수 있었기 때문이다. 그 일로 인해서 우리 연구팀의 운영체계가 바뀌게 되었다.

끈질긴 임상실험에 질려 버린 화학자들

여기서 잠깐 당시 피임약 연구에 대한 사회 문화적 환경을 언급해야겠다. 1960대 당시 미국은 인종 간 평등은 물론 성의 평등에 대해 대 변혁기에 있었다. '여성의 몸은 여성이 주인이다' 라는 기치 아래 여성해방운동의 바람이 거세게 불고 있었고, 모든 학문 분야에서 이에 동조한 연구가 붐을 이루고 있었다. 특히 제약업계는 여성해방운동그룹들의 적극 지원 아래 피임약 개발에 박차를 가하고 있어 역사 이래 최초로 경구피임약이 개발되기 시작했다.

그런데 당시 시중에 막 개발되어 나온 경구피임약들은 효력을 발휘하기 위해서는 한꺼번에 많은 양의 알약을 복용해야 했고, 강도가 너무 센 나머지 부작용이 많았다. 이 같은 상황에서 제약사들의 최대 관심은 적은 양으로 부작용이 없는 피임약을 개발하는 일이었다. 우연하게도 동양의 가난한 나라, 그나마 남녀평등이란 꿈도 꾸지 못할 나라에서 온 나는 머나먼 미국 땅의 격변하는 문화적 환경이 놀랍고 흥미롭기까지 했다. 나의 연구는 그래서 더욱 의미가 있고 보람이 있다는 생각이 들기도 했다.

입사 초반에 한바탕 '말썽'을 일으킨 나는 매사에 신중하고도 끈기 있는 자세로 연구에 임했다. 몇 개월을 연구팀에서 일하다 보니 새로운 합성제를 만드는 일에는 화학자들의 도움이 필연적이라는 생각이 들었다. 오르소 연구단지 내의 화학자들과 좋은 관계를 맺으면서 나의 합성제 만들기 연구는 서서히 틀이 잡혀가기 시작했다.

무엇보다도 합성제의 생물학적 활동을 담보하기 위해서는 여러 차례의 스크린(검증)을 해야 했고, 이는 지루할만큼 시간 싸움이 필요했다. 이제까지 화학자들이 구성 원자들을 조작해 순전히 화학적 호르몬 합성제를 만들어 놓으면 제약회사 연구원들은 대체로 일회성 스크린으로 그 합성제가 호르몬으로서 가치가 있는지를 평가하고는 끝을 맺었다.

하지만 나는 단 하나의 화학적 호르몬 합성제를 놓고도 여러 각도에서 스크린 작업을 했다. 나와 함께 일하는 동료 화학자들은 내가 지루한 스크린 작업을 얼마나 지속할 수 있을지 염려했다. 하지만 내게는 그 같은 일이 문제가 되지 않았다.

나는 새로운 합성제를 접할 때마다 "이 합성제가 새로운 약이 될 수도 있어! 내가 새로운 약을 발견할 수도 있어!"라며 스스로 다짐하곤 했다. 동료 화학자가 화학적 방법으로 유사 호르몬 합성제를 만들어 내기 위해 여러 날을 보냈다면, 나 또한 그 합성제가 실제로 호르몬의 역할을 할 수 있는지를 평가하는 데 여러 날을 보냈다. 화학자들은 나의 이러한 끈기와 열정에 감탄하고 고마워했다. 자연 그들과 돈독한 관계가 이뤄지게 되었다.

화학자들과의 좋은 관계 맺기는 이후로도 30여 년 동안 지속했고 나의 연구에서 고비마다 중대한 역할을 해냈다. 결국, 은퇴한 지 10여 년이 흐른 후에 화학자들 가운데 몇 명이 내 이름을 따서 지역 연구단지의 한 건물을 '한도원 콘퍼런스 룸'(Do Won Hahn Conference Room)으로 명명하도록 공식 요청했다.

지난 2013년에 최종 승인을 얻은 '한도원 콘퍼런스 룸'은 펜실베이니아 스프링 하우스의 젠센 제약연구소(Jansen Pharmaceutical Research)의 한켠에 헌정되어 콘퍼런스를 위해 이곳을 방문하는 전 세계 과학자들이 사용하고 있다.

어쨌거나 나는 1968년 입사 첫해에 신참으로서는 센세이셔널한 말썽을 일으킨 끝에 회사에서 살아남았을 뿐 아니라 1년 후에는 과학자로 승진했다. 앞서 소개한 합성제 실험 프로젝트 외에 다른 여러 건의 프로젝트에서도 새로운 아이디어를 내놓아 회사 측으로부터 주요 연구원으로 인정을 받게 되었다. 나의 진로를 존슨앤드존슨 연구원으로 정한 것은 참 잘한 일이란 생각이 들 정도로 신나고 재미가 있었다. 나는 주중이고 주말이고 밤낮을 가리지 않고 연구소에서 살며 연구에 몰두했다.

일 자체가 보람 있고 재미있다보니 급료에도 불만이 없었고 승진에 대해서도 크게 관심을 두지 않았다. 대부분 미국인들이 4~5년 정도 근무하면 급료와 승진에 불만을 표출하고 회사를 그만두는 일이 흔했으나 나는 연구 자체에 만족하며 아무런 불만이 없었다. 미국인 친구들은 이런 나를 이해할 수 없다는 표정으로 대했다. 이런 와중에 나는 승진에 승진을 거듭했다. 1970년에 시니어 과학자로, 1973년 연구 그룹 리더, 1975년에는 섹션 헤드가 되었고, 1982년 부디렉터에 이어 1987년에는 디렉터 자리에 올랐다. 1992년에는 연구소 최고의 지위인 석좌 연구원 자리에 올라 2002년 은퇴할 때까지 후학들을 지도했다.

'외톨이' 박사와 짝 이뤄, 미국 최초 노게스티메이트 발견 '쾌거'

이쯤에서 나의 오르소 연구소 생활에서, 아니 일생을 두고 최고의 보람을 느낄 만한 일을 벌이게 된 일을 소개하고자 한다. 이전까지도 나의 삶의 고비 고비에서 좋은 사람들이 나타나 나의 앞길을 인도했는데, 이번 역시 적시에 최고의 인물이 나타나 나의 진로에 빛을 비춰주었다.

그의 이름은 존 맥과이어 박사. 프린스턴에서 내분비학 박사학위를 한 그는 호르몬 수용체(Hormone Receptor) 연구에 탁월한 지식을 가진 연구원으로, 나보다 1년 늦게 오르소에 입사했다. 하지만 사내에서 그는 인간관계가 좋지 않아 외톨이로 지내고 있었다. 아이비리 그 출신으로서의 자만심에서인지 타인을 대하는 태도나 연구원으로서의 성실도 등에서 그다지 인정을 받지 못하고 있었던 것이다. 아무도 그와 가까이하려 하지 않았고 팀 연구에서도 자연 배제되는 듯했다.

ORTHO RESEARCH FOUNDATION
RARITAN, NEW JERSEY 08869

September 15. 1969

We are pleased to announce the promotion of Dr. DoWon Hahn to the position of Scientist in the Division of Pharmacology, effective September 2nd. He will continue to report to Dr. Richard P. Blye, Group Leader in Reproductive Research, Division of Pharmacology.

Dr. Hahn came to ORTHO in September, 1968 as an associate scientist. Previously he had worked at the Worchester Foundation for Experimental Biology with Dr. Alexander Psychoyos, a well-known figure in the field of reproductive research.

Dr. Hahn is a member of Sigma Xi and the Society for the Study of Reproduction. He is co-author of several published scientific papers.

We take this opportunity to wish Dr. Hahn much success and happiness in his new position.

▲ 나는 1969년 9월 15일 입사 1년 만에 준 과학자에서 과학자로 승진했다. 사진은 회사 측이 승진을 알려온 편지.

나는 입사 선배로서 그에게 "너 계속 이 상태로 머물다가는 해고당하고 말 것"이라고 충고했다. 이를 귀담아들었던 탓인지 어느 날부터 그가 나를 대하는 태도가 달라졌다.

맥과이어는 사귀고 보니 나름 괜찮은 구석이 있었다. 차츰 서로를 깊게 알게 되면서부터는 연구분야에 대해 토론을 하기에까지 이르렀다. 그는 튜브를 이용한 화학적 호르몬 합성제 만들기에 일가견이 있는 반면, 동물을 이용한 임상실험에 대해서는 깜깜이였다. 반면에 나는 생화학에 문외한이었고, 동물실험 전문가였다. 나와 맥과이어의 조합은 어쩌면 필연이었다.

맥과이어와 나는 수시로 의견을 나누었고, 언젠가는 둘 사이의 기술과 지식을 서로 보완해 획기적인 호르몬 합성제를 만들자고 다짐했다. 이후로 그와 팀을 이루어 수백 가지의 호르몬 합성제들을 실험하고 평가하는 일을 계속했다. 실험을 거듭하던 1970년대 초, 우리는 드디어 새로운 황체호르몬(Progestogen, 프로게스토겐)을 발견했다.

일반적으로 여자의 임신은 발정 호르몬인 에스트로겐과 배란 후에 분비되는 황체호르몬의 합성에 의해 이뤄지는데, 우리가 하려던 것은 황체호르몬을 억제하는 연구였다. 새로 발견된 황체호르몬에는 '노게스티메이트(Norgestimate)'라는 이름이 붙여졌다.

우리는 노게스티메이트가 어떤 과정을 통해 어디에서 어떻게 생성되었는지는 알지 못했지만 새로운 자연 황체호르몬을 발견했다는 사실에 크게 고무됐다. 그러나 이게 끝이 아니었다. 임상실험을 거쳐 하나의 상업용 완제품으로 시중에 나오기까지는 보다 멀고도 험난한 길이 기다리고 있었다. 당시에도 미국은 세계 어느 나라 보다도 식약청(FDA)의 규정이 까다롭기로 정평이 나 있었다.

이런 와중에 1986년 허가 규정이 다소 느슨한 독일의 존슨앤드존슨 지사 연구소에서 먼저 노게스티메이트를 시중에 내놓게 되었다. 노게스티메이트는 실레스트(Cilest)라는 이름으로 재빠르게 유럽 여러 나라에 팔리게 되었다. 억울했지만 어쩔 수 없는 일이었다.

연구와 실험을 계속하던 1989년 초, 드디어 낭보가 날아들었다. 일생일대의 낭보였다. 나는 1989년 12월 29일 그날의 기쁨을 아직도 생생하게 기억하고 있다. 존슨앤드존슨 제약연구소(R.W. Pharmaceutical Research Institute)의 회장으로부터 전화가 걸려 왔다.

"한 박사, 축하합니다. 식약청(FDA)이 당신들이 발견·개발한 노게스티메이트를 방금 최종 승인했습니다."

미국 식약청(FDA)이 새로운 경구피임약을 기다려온 지 26년 만의 개가였다. 나 개인의 승리였을 뿐 아니라 오르소 제약연구소의 승리였다. 아니, 원하지 않는 임신의 공포로부터의 해방이요, 인류의 먹거리 문제를 해결하는 또 다른 방책을 내놓은 쾌거였다. 나도 모르게 두 눈에서 눈물이 흘러내렸다. 학자로서의 성취감에서 나온 눈물이었고, 탈북 이후 기나긴 인간적 고독을 이겨낸 기쁨에서 나온 눈물이었다.

43년 만에 북에서 되돌아온 '교복 사진'

[끝나지 않은 수업 21] 유명세 덕분에 찾게 된 북한의 가족들

존 맥과이어 박사와 내가 짝을 이뤄 발견·개발한 미국 최초의 경구 피임 호르몬제인 노게스티메이트는 미국 사회에 큰 반향을 일으켰다.

1960년 5월 9일 미국 최초로 식약청(FDA)에 의해 경구피임약의 시판이 허용된 이후 2년여 만에 120만 명의 여성들이 사용하게 되었다. 하지만 당시 경구피임약은 효력이 그다지 뛰어나지 못한 데다 부작용이 심하여 자주 소송에 휘말리고 있었다. 미국 정부는 암암리에 제약회사들에 부작용 없는 신약 개발을 독려하고 있었고, 맹렬한 기세로 사회 전반을 뒤흔들던 여성해방 그룹을 비롯한 사회단체들도 신약의 출현을 갈망하고 있었다.

이러던 차에 나와 맥과이어 박사가 1972년에 처음으로 개발한 노게스티메이트가 존슨앤드존슨 독일 지사 연구팀들에 의해 먼저 독일 정부의 승인을 받고 유럽 각국으로 퍼져 나가자 미국 제약회사들에 초비상이 걸렸다. 신제품 약을 승인받기 위해서는 3~4년은 보통이었는데, 피임약은 훨씬 긴 기간의 임상실험에서 안전성이 입증되지 않고는 불발에 그칠 가능성이 매우 컸다. 이미 시판이 허용된 제품들이 부작용이 많다는 보고가 끊임없이 나오면서 우리의 제품에 대해 강도 높은 검증 절차를 거치도록 요구했기 때문이다.

결국, 미국 식약청은 우리가 노게스티메이트를 처음 발견한 지 17년만인 1989년에 이르러서야 신제품으로 시판하도록 허용했다. 미국의 제약회사들이 소위 말하는 '제3세대 신약'을 만들기 위한 프로젝트를 시작한 지 26년만이었다.

미국 경구피임약은 그레고리 핑커스가 처음 발견·개발한 노신그론(Northingron)에 이어 2세대 노게스트렐(Norgestrel)이 초기 경구피임약 시장을 형성하고 있었고, 우리가 발견·개발한 노게스티메이트가 제3세대 신약으로 탄생한 것이다. 제3대 신약이 나오면서 미국 여성들 사이에서 경구피임약의 별칭으로 불리던 '더 필(The Phill)'은 나중에 아예 경구피임약의 대명사가 되어 버렸다.

▲ 나와 맥과이어는 1990년 존슨앤드존슨으로부터 오르소 트리사이클린을 발견·개발한 공로로 회사 최고의 상인 '존슨 메달'을 받았다. 오른쪽 사진은 메달을 받던 날 회사 측에서 촬영해 준 사진.

제약사 최고 권위의 상을 받다

노게스티메이트의 발견으로 맥과이어와 나는 이듬해인 1990년 존슨앤드존슨이 수여하는 최고의 메달인 '존슨 메달(Johnson Medal)'을 받게 되었다. 나는 존슨 메달을 받기에 앞서 1973년과 1985년 두 차례에 걸쳐 아카데믹 연구성과가 뛰어난 과학자에게 주는 최고의 상인

'필립 호프만 리서치 사이언티스트 어워드'(Philip B. Hoffmann Research Scientist Award)를 받았다. 처음 그 상을 받던 날, 축하연에서 옆자리에 앉은 존슨앤드존슨 회장이 나에게 "닥터 한, 연구가로는 거의 최고의 상을 받았는데, 다음 목표는 뭐죠?"라며 물었다. 나는 주저하지 않고 "존슨 메달이죠!"라고 했는데, 17년이 흐른 후에 결국 목표를 달성했다.

신약을 개발하여 큰 재정적 이득을 안겨준 과학자에게 주는 존슨 메달은 100년이 넘는 존슨앤드존슨 역사에서 손에 꼽을 정도의 과학자들만 받았을 정도로 영예로운 상이었다. 한국인은 물론 동양인으로는 내가 처음 받는 상이었고, 회사 측은 사내 회보를 통해 '노스 코리아에서 탈출한 16세 소년이 이룬 기적'이라고 소개하기도 했다. 많은 동료들이 비로소 내가 북한에서 혈혈단신 탈출하여 한국과 미국에서 고학으로 성공을 거두었다는 것을 알게 되자 경이로운 표정으로 대했다.

존슨 메달을 받고 돌아온 그날, 사랑하는 아내에게 메달을 건네고는 허허로움을 달래고자 집밖에 나와 한참이나 먼 하늘을 바라보며 중얼거렸던 일이 떠오른다. "북녘 부모님들이 알았다면 얼마나 좋아하셨을까"

산 넘어 산이라더니, 미국 식약청(FDA)으로부터 노게스티메이트의 실효성을 인정받게 되었으나 또 하나의 거대한 난관이 기다리고 있었다. 당시 많은 제약회사들이 피임약 개발을 서두르고 있었는데, 그 가운데 존슨앤드존슨과 쌍벽을 이루는 와이예스 제약회사(Wyeth Pharmathetical Company)가 있었다. 와이예스는 우리가 발견·개발한 노게스티메이트가 자기들이 개발한 신제품과 유사하다며 소위 말하는 '특허권' 소송을 제기했다. 이 일로 나는 우리 측 변호사와 함께 워싱턴 디시의 법정을 수차례 들락거리며 와이예스 측과 길고 지루한 혈투를 벌여야 했다. 결국, 2년여 만에 노게스티메이트가 '독창적'이라는 최종 판결을 받아냈고, 그 덕분에 존슨앤드존슨은 100만 달러의 승소 배상금까지 챙겼다.

1992년 존슨앤드존슨 본사는 우리가 개발한 노게스티메이트를 오르소 트리사이클린(Ortho Tri-Cyclen)이라는 이름으로 본격 시판하기 시작했다. 오르소 트리사이클린의 위력은 예상보다 대단했다. 시중에 나오자마자 가장 인기 있는 경구피임약이 되었을 뿐 아니라 당장 미국 경구피임약 시장을 평정해버렸다. 와이예스는 우리에게 패한 이후로 사세가 기울더니 어느 날 문을 닫아 버렸고 다른 몇몇 회사들도 기존의 약품을 폐기처분을 할 정도였다.

존슨앤드존슨이 발행하는 잡지인 〈월드 와이드 뉴스〉(World Wide News)에 따르면 오르소 트리사이클린이 시판되기 시작한 지 채 10년도 지나기 전인 1990년대 말까지 경구피임약을 사용하는 여성들이 1천600만 명으로 늘어났다. 1960년대 초에 비해 무려 13배 이상이

증가한 것이다.

내가 은퇴하기 1년 전인 2001년 봄을 기준으로 15세에서 45세 사이의 미국 여성 10명 중 4명은 경구피임약을 정기적으로 사용했으며, 10명 중 8명은 한 번 이상 사용한 적이 있다고 답했다. 회사 측의 또 다른 조사에서는 2000년대 초 미국 여성의 75%, 전 세계의 6천500만 명~7천만 명의 여성들이 오르소 제품을 사용하고 있다는 통계가 나왔다. 현재까지도 오르소 트리사이클린은 가장 많이 팔리는 경구피임약이 되어 존슨앤드존슨에 엄청난 소득을 안겨주고 있다.

내가 개발한 경구피임약, 미국 시장을 석권했다

우리가 개발한 오르소 트리사이클린은 사용법을 따르지 않을 경우에 효력이 제대로 발휘되지 않거나 일부 부작용 사례가 나타나기는 했지만, 과거와는 비교가 되지 않을 정도로 안전성에서도 대중적인 인정을 받았다. 존슨앤드존슨 측 오르소 맥네일(Ortho-Mcneil Survey) 보고서에 따르면, 경구피임약 사용자들의 98%가 만족스럽다고 답했을 정도였다.

오르소 트리사이클린이 여성들 사이에 일상품이 되면서 예상치 않은 부수효과도 나타나 우리를 고무시켰다. 오르소 트리 사이클린을 상용한 여성들이 얼굴의 여드름이 치료되는 효과를 보고 있다는 보고가 속속 나오기 시작한 것이다. 아주 심한 경우를 제외하고는 웬만한 증상의 여드름 등 피부염에 효과가 있다는 사실이 입증되자, 미국 식약청은 오르소 트리사이클린을 여드름 치료제로도 공식 인정했다. 피임약 연구 과정에서 내가 쏟아낸 논문들은 1980년대 말 연구과제 가운데 하나였던 어린이 성조발증 치료제인 히스트렐린(Histrelin)을 개발하는데에도 큰 역할을 했다.

오르소 트리사이클린이 경구피임약 시장을 석권한 이후 나의 생활은 엄청나게 바빠졌다. 그동안 소수의 관련 전문가들에 의해서만 인용되던 200여 편의 내 논문들이 미국은 물론 세계 각국의 산부인과 전문의들과 피임약 연구가들에 의해 샅샅이 뒤적여지기 시작했다. 이 덕분에 나는 내분비학회, 산부인과학회, 제약연구가 세미나 등으로 눈코 뜰 새 없이 여행을 해야 했다. 미국국립보건원(NIH)은 내 단골 방문처가 되었다. 사실, 나는 노게스티메이

▲ 현재 시판되고 있는 다이얼식 경구피임약 오르소 트리사이클린(Ortho Tri-Cyclen)

트 발견 전인 1980년대 중반부터 미국 내는 말할 것도 없고 빈번하게 해외여행을 했었다. 내가 다른 동료들에 비해 해외여행이 잦았던 이유가 있었다.

회사 측과 동료들은 나의 연구가 아카데믹하게 진행되기를 원했으나 내 생각은 달랐다. 연구라는 것이 현장을 무시하고 책상이나 좁은 공간에서만 이루어지면 실용성이 떨어질 뿐 아니라 아이디어를 창출해 내는 데 한계가 있다는 생각이었다. 또한, 탈북 이후로 나의 삶의 신조가 '무엇을 하든 타인에게 구체적이고 실질적으로 유익을 주는 일을 한다'는 생각이 주를 이룬 탓도 있었다. 이런 연유로 나는 1980년대 중반부터 아카데믹 리서치(Academic Research)를 인더스트리얼 리서치(Industrial Research)쪽으로 연결한 여러 편의 논문들을 발표했다.

나의 피임 연구가 제약업계를 넘어서 외부 산업계에 많이 알려지자 이곳저곳 국제기관이나 정부기관에서 초청하는 일이 많아졌고, 시간이 흐르면서 어느덧 산업 분야 리서치의 권위자로 인정받게 되었다. 이러던 터에 내가 맥과이어와 함께 발견·개발한 오르소 트리사이클린이 선풍적인 인기를 끌게 되었으니 하루가 멀다고 초청장이 날아들었다.

독일, 영국, 프랑스, 영국, 이탈리아 등 유럽국들은 물론, 크고 작은 남미 국가들, 일본, 대만, 싱가포르, 중국, 러시아에까지 초빙되었다. 종종 초청장을 보냈던 국제기구들까지 가세했는데, 국제개발기구

(AID), 세계보건기구(WHO) 등에서도 여러 차례 초청하여 피임 관련 자문을 구했다. 식량 문제와 인구 조절에 대한 국제적 관심이 고조되었던 때였는데, 이상하리만치 한국에서는 조용하다는 생각이 들었다.

이 와중에도 나는 존 맥과이어와 함께 울만스 산업 화학 백과 대사전(Ullman's Encyclopedia of Industrial Chemistry)의 피임 섹션을 공동으로 집필하여 후배 피임 연구가들이 두고두고 참고할 수 있도록 했다. 나중에는 마퀴스 인명사전(Marquis Who's Who)에 오르는 영예를 맛보았다. 1990대 초 나는 피임약 분야에서 국제 인사가 되어 있었고, 이로 인해 오랫동안 가슴 깊이 묻어 두었던 소원을 풀게 되었다.

▲ 1992년 피임 관련 국제 워크숍에 참석했을 당시의 모습.

"양강도 후창군 사람, 한도원을 찾습니다"

1990년 어느 날로 기억된다. 독일에서 열린 학회 세미나에서 막 집에 돌아오니 웬 편지 봉투가 책상 앞에 올려져 있었다. 무심코 봉투를 뜯어본 나는 두 눈을 의심하지 않을 수 없었다. 무슨 허깨비를 보는 듯도 하고 꿈을 꾸는 듯도 했다. 봉투 속에는 16절지 반절 크기의 광고문 한 장이 달랑 들어 있었다. 그런데 광고문 오른쪽 상단에 자리 잡고 있는 사진 한 장이 얼른 눈에 들어왔다. 교복을 입고 찍은 내 사진이었다. 한동안 숨이 턱 막히는 듯했다.

1946년 어느 날, 경복고 입학기념으로 떡 장사를 하던 을지로 어딘가에서 사진을 찍었고, 간단한 안부편지와 함께 사진을 동봉하여 인편으로 북한의 부모님께 보냈었다. 그리고는 그 편지와 사진이 부모님께 전해졌는지조차 알 길이 없어 한동안 답답해했었다. 이후로는 극한 고통의 시간들 속에서 어떻게든 살아남으려는 강한 의지에 압도되어 까맣게 잊고 있었던 것이다. 그리고는 43년이 지난 어느 날, 지리적으로 심리적으로 멀고 먼 미국땅 한켠에서 색 바랜 사진이 느닷없이 모습을 드러낸 것이다.

정신을 가다듬고 보니 사진 왼편에 고딕체로 "사람을 찾습니다"라는 글귀가 들어왔다. 그 아래로 누군가 타이프로 친 듯한 사연이 적혀 있었다.

사람을 찾습니다

한도원
량강도 후창군 사람
연령...59세

오빠! 어머니 아버지가 한번 만나고 싶다고 기다립니다.
부모님께 효성하려면 꼭 기회보아 오시기 바랍니다.
　　　　　　신의주시 풍서동 16반 한정자 보냅니다.

맏오빠! 날이가고 세월이 흐를수록 단 하루도 잊을 수 없
습니다. 같아물. 말형, 맏오빠로서. 여기에 있는 우리들을 잊
지않고 계시리라 믿습니다. 꼭 상봉의 그날만 기다립니다.
　　　　　　　　　　　1989.4.17일 누이동생

찾는사람

아버지(한성범)
한도연 : 평북도 락산군 통경병원 의사
한도준 : 평양시 문성 베아링공장 기사.
한도자 : 외주시에서 부양
한증자 : 자강도 희천에서 의사
한금자 : 희천에 있음.

▲ 1989년 '제3세대 신약'으로 일컬어진 오르소 트리사이클린을 개발하여 국제적으로 유명
세를 얻게 된 덕분으로 나는 43년 만에 북한의 가족으로부터 연락을 받게 되었다. 나의 가족
은 북한을 방문한 캐나다 동포를 통해 나를 찾는 광고를 캐나다 동포 신문에 냈다. 광고에 붙
여진 교복 사진은 내가 1947년 경복고등학교에 입학한 후 북한의 가족에게 보내고 까맣게
잊고 있었던 것이다

　　　사람을 찾습니다.

　　　한도원

　　　양강도 후창군 사람

　　　연령 59세

나직하게 바로 아래 적힌 사연을 읽자니 이번엔 목이 막혔다.

"오빠! 어머니 아버지가 한번 만나고 싶다고 기다립니다. 부모님께

효도하려면 꼭 기회 보아 오시기 바랍니다. 신의주시 풍서동 16반 한 정자 보냅니다."

넷째 동생의 편지였다. 그 아래로 단을 바꿔 다시 이어졌다.

"맏오빠! 날이 가고 세월이 흐를수록 단 하루도 잊을 수 없습니다. 맏아들, 맏형, 맏오빠로서 여기에 있는 우리를 잊지 않고 계시리라 믿습니다. 꼭 상봉의 그 날만을 기다립니다. 1989년 4월 17일 누이동생."

편지 내용 바로 아래로는 "찾는 사람"이라는 타이틀로, 아버지와 형제들의 이름과 직업까지 적혀 있었다. 긴 여행 끝이었으나 나는 그날 밤 잠을 이루지 못했다. 귓속에서 동생의 목소리가 왱왱거렸다.

"사람을 찾습니다. 한도원 양강도 후창군 사람…… 오빠! 어머니 아버지가 한번 만나고 싶다고 기다립니다……."

편지는 마치 내가 어디 있는지 알고 있다는 듯 '빨리 좀 오라' 는 투로 읽혀져 밤새 가슴을 맺히게 했다. 숨을 돌리고 생각해보니 북한의 가족들이 어떤 경로를 통해 캐나다에서 발행되고 있는 한인신문 〈뉴 코리아 타임〉(New Korea Time)에 나를 찾는 광고를 냈고, 신문사에서 나의 거주지를 수소문하여 알아낸 다음 광고문을 오려서 보냈을 것이라는 짐작이 갔다.

나는 며칠 후 캐나다행 비행기를 탔다. 그리고는 우선 토론토에 있는 〈뉴 코리아 타임〉이라는 한인 신문사에 찾아가서는 광고를 낸 사람의 인적사항을 알아냈다. 생판 모르는 사람이었으나 물어물어 봉투에 적혀 있는 주소로 찾아갔다. 문을 두드리니 미리 연락을 받은 동포 노인이 나를 반갑게 맞아 주었다. 물 한잔을 청하고 그로부터 자초지종을 들을 수 있었다.

그 노인은 몇 개월 전에 자신의 동생을 만나기 위해 북한의 고향을 방문했는데, 애석하게도 동생은 사망했고, 동생의 아들 즉 조카가 고향 집을 지키고 있었다. 그런데 뜻밖에도 그 조카의 부인이 이런 저런 얘기를 하다 자신의 친오빠가 1947년에 단신 월남했는데 찾을 길이 없다며 "우리 오빠가 틀림없이 미국에 살고 있는 거 같으니 한 번 알아봐 달라"고 부탁을 하더라는 것이다.

기가 막힌, 기적 같은 일이 벌어진 것이다. 북한의 가족들은 내가 살아 있다고 믿고 있었고, 어머니는 늘 "도원이는 살아 있어!"라고 입버릇처럼 되뇌었다고 한다.

특히 어느 날 북한의 노동신문 1면에 '해외에서 조국을 빛내고 있는 동포들' 50인을 거명하면서 내 이름을 포함시키고는 "조국에 돌아와 봉사해 달라"는 내용의 기사가 오른 것을 보고는 "세상 천지에 '한도원'이라는 이름은 하나밖에 없어! 우리 도원이는 틀림없이 살아 있어!"라고 하셨다는 것이다. 결국 '유명세' 덕분에 부모님께서 나의 생사를 확신하게 된 것이었다.

나는 어떻게 귀갓길에 올랐는지 모를 정도로 정신없이 미국행 비행기에 올랐다. 비행기의 기수를 그대로 북한으로 돌릴 수만 있으면 좋겠다는 생각이 들었다. 비행기 트랩을 오르고 내리면서도 온통 북한의 가족들에 대한 그리움으로 가득 찼다. 44년 전 여름, 초저녁 어스름의 후창강가에서 "방학하면 돌아오겠다"고 어머니에게 한 약속을 어떻게든 지켜 내리라 마음먹었다. 그리고 얼마 지나지 않아 그 기회가 찾아왔다.

초청장도 없이
"북한 보내달라"?

북한의 부모님이 나를 애타게 찾고 계신다는 소식을 캐나다 거주 동포로부터 듣고 온 다음 날부터 나는 며칠을 앓았다. 꾹꾹 눌러두었던 그리움이 가슴 속 깊은 곳으로부터 올라오면서 시도 때도 없이 부모님과 동생들의 얼굴이 떠올랐다.

연구실 창밖으로 낙엽이 흩날리는 광경을 보노라니 고향집이 사무치게 그리워졌다. 문득 어릴 적 종일 산야를 싸돌아다니며 정신없이 놀다가도 어둑어둑 날씨가 추워지면 집으로 달려가던 기억이 떠올랐다. 어떻게든 기회를 만들어서 더 추워지기 전에 북한을 방문해야겠다는 생각이 들었다. 나를 찾는 광고가 1년 전쯤 실린 것이니 그동안에 북측의 가족들에게 무슨 일이 생겼는지도 모를 일이었다.

기회는 의외로 빨리 찾아왔다. 마침 중국과 싱가포르에서 산아제한 관련 국제 세미나에 초청을 받게 되었다. 특히 중국 국립가족협회가 주최하는 세미나를 끝내고 나면 약 열흘간 짬이 생기게 되는데 그기간에 혹 북한을 방문할 수 있을지도 모르겠다는 생각이 들었다. 아내와 주변의 친구들에게 나의 계획을 말하니 모두가 깜짝 놀라며 만류하는 분위기였다.

북한은 지구상에 몇 남지 않은 미국의 적성국으로 방문했다가 돌아오지 못할 수도 있다는 것이었다. 시간이 흐르면서 나의 각오가 생각보다 굳다는 것을 안 아내와 미국 친구들이 "그렇다면 안전장치를 마련하고 가라"고 권유했다.

▲ 1990년 10월 중국 가족계획위원회 초청으로 북경을 방문했을 당시 찍은 사진.

우선 회사 측에 나의 계획을 밝히자 몇몇 미국인 친구들이 직접 나서서 친분이 있는 국무부 한국과 관리에게 이 사실을 알렸다. 나의 간절한 소망을 알게 된 국무부에서는 '북한방문과 관련한 모든 편의를 제공하겠지만, 혹시라도 북한에서 억류될 경우 책임을 질 수 없다'

는 원칙론적인 답변을 보내왔다.

1990년 당시에도 미국과 북한의 관계는 종전과 다름없이 난기류가 흐르고 있었고, 미국 국적 과학자인 내가 되돌아오지 못할 경우, 자칫 골치 아픈 국제 문제가 될 수도 있는 일이었다. 한마디로, '우리는 썩 탐탁지 않게 여기고 있지만, 당신이 그렇게도 북한 방문을 원하니 알아서 하라'는 입장이었다.

북경으로 떠나기에 앞서 나는 아내에게 "그럴 리야 없겠지만, 만약에 내가 돌아오지 못한다면 아이들은 다 컸으니 제 앞가림을 할 것이고, 내 앞으로 나오는 연금이 있을 테니 생활을 꾸리면 될 것"이라며 눈치를 살피며 말했다. 아내는 "설마 국제적으로 알려진 당신에게 무슨 일이야 있겠느냐"며 애써 태연한 표정을 지어 보였다. 북한에 다녀온 후에 아내 말을 들으니 당시에 속으로는 '아, 이 양반이 우리를 버리고 떠나는구나' 하는 야속한 생각이 들었다고 한다. 하지만 부모· 형제 없이 천상천하에 외톨이로 세상을 살아온 나를 누구보다도 잘 알고 있던 아내는 그때에도 담담히 나의 결정을 받아주었다.

초청장도 없이 "북한에 보내달라?"

1990년 10월 어느 날, 나는 마음을 단단히 먹고 북경으로 향했다.

이전에 세 차례나 중국을 방문했지만, 이번 방문은 세미나보다는 북한 방문이 목적이었던 만큼 발걸음이 편치가 않았다. 북경에 도착하자마자 만난 오랜 친구이자 쾌남인 북경대 교수가 나의 얘기를 듣더니 "도울 수 있는 데까지 돕겠으니 반드시 소원을 풀라"고 격려해 주었다. 북경에 북한 대사관이 있는지조차 알지 못했던 나는 그 친구의 도움으로 대사관 주소를 알아냈다. 밤새 잠을 못 이루고 설치다 아침에 택시를 잡아타고 북한 대사관으로 갔다.

북한 대사관 앞에 도착하니 북한 군인으로 보이는 경비병들이 일정한 간격으로 건물 주변을 지키고 있었다. 무슨 학교 건물이었던 듯 얼핏 보기에 규모가 커 보이는 건물이 널따란 운동장 저편으로 자리를 잡고 있었다. 나는 택시 운전사에게 "대사관 건물 안으로 들어가서 한 시간 후에 나오지 않으면 곧바로 북경대학의 내 친구를 찾아가서 내게 무슨 일이 벌어진 것 같다고 전하라"고 당부했다. 그리고는 그에게 대사관까지 나를 태우고 온 비용은 물론 북경대학까지 가는 택시 비용까지 합한 금액의 반절을 주며 "나중에 대사관에서 내가 무사히 나오면 나머지 반절을 주겠다"고 했다. 눈치를 챈 그는 흔쾌히 "알았다"며 나를 내려 주었다.

옷매무새를 가다듬고 낮게 헛기침을 한 나는 정문 앞에 보초를 서고 있는 북한 경비병에 다가섰다. 저만치에서 차를 내릴 때부터 나를 지켜보던 그가 잔뜩 경계하는 눈초리로 내게 물었다.

▲ 1990년 북경에서 열린 산아제한 관련 세미나에 참석했을 당시 중국측 학자들과 함께. 나는 한 섹션의 주강사 및 사회자로 활약했다.

"웬일로 왔습니까?"

"내 고향은 북한 평안도 후창입니다. 가족들이 나를 찾는다기에 북한을 방문하러 왔습니다."

"초청장이 있습니까?"

"아뇨, 없습니다. 그래서 여기에 왔습니다."

"아니, 아무것도 없이 무작정 여기에 오면 어쩌자는 겁니까?"

"여기 부모님들이 나를 찾는다는 증명이 있습니다. 어떻게 하면 초청장을 받을 수 있는지 그 방법을 좀 알려주시오."

그는 내가 내민 신문 광고지를 잠시 살펴보더니 잠시 기다리라고 했다. 초소 안으로 들어간 경비병이 어딘가로 전화를 하는 듯했다. 10여 분쯤 지나 그가 다시 나오더니 문을 열고 손짓으로 들어가라고 했다. 잔뜩 긴장한 표정으로 발걸음을 옮겨 정문 안으로 들어섰다. 북한 영토에 들어섰다고 생각하니 잠시 두려운 생각이 들었다. 휑댕그레 텅 빈 운동장을 한참 걸어 들어가니 제법 규모가 큰 건물이 버티고 있었다.

문을 열고 건물 안으로 들어가니 사무원으로 보이는 여자가 자리를 지키고 있었다. 그녀 역시 내게 "초청장이 있느냐"고 묻기에 들고 간 광고지를 내밀며 자초지종을 얘기했더니, 나를 빤히 쳐다보며 말도 안 된다는 표정으로 대번에 "불가능하다"고 했다. 그러더니 잠시 기다리라고 하고는 상관인 듯한 사람에게 전화를 했다. 얼마나 지났을까. 정장 차림의 남성이 긴 복도를 저벅저벅 걸어오는 소리가 들리더니 접수실 문을 열고 들어섰다. 나는 그가 내 사정을 알고 왔으리라는 짐작으로 다가가서는 신문 광고지를 내밀었다. 신문에 난 광고를 살펴보던 그가 난처하다는 듯한 표정을 지으며 말했다.

"대략 무슨 사정인지는 알겠습니다. 그런데, 당신처럼 개인적으로 조국을 방문하겠다는 사람을 만나보지 못했습니다. 단체로 우리 정부의 초청을 받아 가는 경우라면 모를까 이런 경우는 쉽지 않을 듯합니다."

"나는 굴지의 미국 제약회사에서 근무하고 있는 과학자입니다. 이

기회에 고향을 방문하여 부모님을 꼭 만나고 싶습니다."

고개를 끄덕이며 나의 간청을 듣던 그가 잠시 생각하는 듯하더니 말을 이었다.

"당신과 같은 방문 사례가 없어서 내가 어찌해 볼 사안은 아닙니다. 일단 평양으로 연락을 해 보겠습니다. 오늘 돌아가서 기다리시면 가부간 연락을 드리겠습니다. 미안하게 됐습니다."

한밤중 걸려온 전화 "내일 정오 평양으로 떠나라"

쉽사리 해결되리라는 생각은 하지 않았지만, 북한을 방문하는 길이 쉽지 않다는 걸 알게 되니 저으기 낙심이 되었다. 그러나 기다려 보기로 하고 일단 호텔에 짐을 풀었다. 싱가포르에서 세미나가 열리기까지는 열흘이 조금 넘는 시간이 있으니 그 안에 무슨 좋은 소식이 있을지도 모른다는 생각을 하며 마음을 다잡았다. 그리고는 북경대학 교수와 함께 오전 세미나가 끝난 후에는 여기저기 관광을 다녔다. 그런데 이틀이 지나도록 소식이 없기에 북한 대사관에 전화를 했더니 "아직 소식이 없다"고 했다. 그러면서 그 직원이 말하기를 "불가하면 즉시 초청 거부 연락이 오는데, 시간이 걸리는 것으로 보아 좋은 소식이 있을지도 모른다"고 귀띔해 주었다.

하루를 더 지나고도 소식이 없어 다시 전화를 걸었더니 "좋은 소식이 있으면 즉시 연락해줄 테니 조금만 더 기다리라"며 나를 안심시키듯 말했다. 그리고 그날 밤 12시, 막 잠이 들었는데 전화벨이 울렸다.

"축하합니다. 선생님, 평양에서 초청 허가가 나왔습니다. 내일 오전 10시까지 대사관으로 나오십시오."

"그런데, 오전 10시에 나와서 뭘 해야 합니까?"

"예, 평양행 비자 수속을 해야 합니다."

"그러면, 언제 북한으로 떠나지요?

"두 시간 후에 가게 됩니다."

"예? 비자 받고 두 시간 후에 떠난다고요?"

다음날 새벽같이 일어난 나는 우선 북경대학 교수 친구에게 북한에서 초청허가가 나왔고, 내일 당장 떠나야 한다는 소식을 전했다. 그는 놀라기보다는 축하 인사를 먼저 했다. 북경대학 교수 친구와 나는 부랴부랴 중국항공사와 미국항공사 지점을 찾아가서는 나의 싱가포르 세미나 여행 일정을 조정했다.

당시 중국인들의 '만만디' 일 처리 속도로 보아 인맥과 정부기관 파워를 갖고 있었던 교수 친구의 도움이 아니었으면 두어 시간 만에 비행 일정을 조정할 수 없는 일이었다.

어쨌든 나는 겨우 평양행 비행기 탑승대 앞에 설 수 있었다. 교수 친구에게는 미국의 아내에게 내가 평양으로 무사히 떠났다고 전해달라고 당부했다. 처음 타 본 평양행 비행기 안은 승객으로 꽉 차 있었지만 조용했다. 북한 대사관 철문을 통과하여 저만치에 있던 건물을 향해 한참 걸어 들어갈 때도, 사무실 안에 들어섰을 때도, 사람이 별로 안 보이고 조용했다. 이 때문에 왠지 모를 두려움이 밀려왔었다. 늘 생각이 복잡하고 북적거리는 문화 속에서 살아오다 보니 겪게 된 감정이었을 터였다. 어쩌면 어렸을 적 16년을 익숙하게 살았던 내 고향도 형제도 조금은 어색하고 생소하게 느껴질지도 모르겠다는 생각이 들었다. '격리의 43년'은 나로 하여금 어느덧 다른 사람을 두려움으로, 그리고 조심스럽게 접근토록 했던 것이다.

눈을 감으니 16세 때 동네 한켠을 휘돌아 산골짜기로 이어졌던 후창강가에서 마지막으로 보았던 어머님의 모습이 아른거렸다. 마치지 못한 공부를 계속하라며 기대 반 걱정 반으로 장남을 떠나보내시던 표정과 트럭에 오르는 나를 보며 어서 가라고 손짓하던 모습이 교차하여 나타났다.

그 어머니는 일 년 후에 내가 인편으로 보낸 교복 사진을 보고 '우리 아들 일류고등학교 들어갔다'며 동네방네 자랑하고 다녔을 것이고, 3년 후에 전쟁이 일어나자 '우리 아들 살려달라'고 날마다 정화수를 떠놓고 빌었을 것이다. 그리고 '언젠가는 우리 장남 꼭 돌아올 것'이라며 아랫목에 밥 묻어놓고 기다렸을 것이다.

기다림에 지쳐 삭을 대로 삭아버린 속내를 다스려 오며 사십년을 흘려보낸 어느 날, 노동신문에서 '해외에서 조국을 빛내고 있는 한도원'이라는 이름을 발견하고는 며칠을 앓아누우셨을 것이다. "내년 여름 방학하면 돌아오겠다"고 떠난 아들이 43년이 지난 후에 '이름'으로만 돌아온 것을 보고 우선은 기쁨에 북받쳐 우셨을 것이고, 당장 목소리도 들을 수 없고 만져볼 수 없는 그리움에 겨워 우시다가 자리에 누우셨을 것이었다. 나는 이제 그 어머니에게 "어머니, 내 여기 이렇게 돌아왔습니다. 기쁘지 않습니까?" 그러며 대문간을 들어서려고 고향에 가고 있는 것이다.

비행기 출구에 나타난 남자… 불안하기만 했다

온갖 상념에 잠기다 창밖을 내다보니 북녘땅이 저만치 아래로 비켜 들어왔다. 바다인지 강인지 저편으로 건물들이 햇빛에 반사되어 번들거리며 들쑥날쑥 눈에 들어왔다. 얼마 지나지 않아 비행기가 착륙했다. 간단한 캐리온 백 하나를 끌며 막 출구에서 나오자마자 웬 남자가 잰걸음으로 다가왔다. 나는 그 바람에 움칫 놀래며 발걸음을 멈췄다.

"한도원 박사님이시죠? 조국에 오신 것을 축하드립니다."

"누구시죠?

"예, 한 박사님을 모시기 위해 나온 사람입니다. 저를 따라오시면 됩니다."

키가 홀쭉하고 옷매무새가 말쑥해 보이는 그 남성은 정중한 태도로 입국심사대가 있는 쪽으로 나를 안내했다. 미리 연락을 받은 듯 심사관은 북경 주재 북한 대사관이 건네준 초청장과 내 여권을 보더니 입국도장도 찍지 않고 통과시켰다. 이런 수속은 처음 경험하는 것이었고, 너무 간단하여 무슨 일인가 싶어 걱정스러운 마음이 앞섰다.

남자는 비행장 출구 한쪽 한적한 곳을 향해 여유 있게 앞서 걸어가며 나를 안내했다. 밖으로 나서니 거기에는 검은색 벤츠 차량이 우리를 기다리고 있었고, 한눈에 보기에도 미모가 출중한 여성이 차 문을 열고 다소곳한 자세로 나를 맞이했다.

그들은 검은색 벤츠 뒷좌석에 나를 앉히고 여자는 앞 좌석에 앉도록 했다. 그들은 정중하게 대하고 있었으나 나는 불안하기만 했다. 비행기에서 내릴 때부터 나를 기다리고 있던 남성은 자기를 소개하기를 나를 환영하기 위해 정부에서 파견 나온 공무원이라고 했고, 여성은 북한에 있는 동안 나를 안내할 안내원이라고 했다. 불안하기도 하고 궁금하기도 하여 먼저 내가 침묵을 깼다.

"나는 가족들을 만나러 북에 온 사람입니다. 언제 내 가족들을 만나볼 수 있지요?"

"아 예, 호텔에 가셔서 먼저 저녁 식사를 하시게 됩니다. 그 자리에 높은 분이 오는데, 그때 만나시면 알게 됩니다.”

밖은 이미 어둑어둑 땅거미가 지고 있었다. 차창 밖으로는 불빛이 연신 곡선을 그리며 지나갔다. 벤츠는 포장도로를 타고 한참을 달렸다. 북한당국은 미리 가족들에게 연락했을 것이고, 그렇다면 호텔에서 기다려야 하는 사람은 북한 고위관리가 아니라 가족들이어야 하는 게 아닌가.

평양의 첫날, 부모 형제들이 있는 고향에 돌아왔다는 기쁨보다는 어색함과 막연한 두려움으로 눈앞에 펼쳐지는 장면들과 마주쳐야 했다.

43년만에 돌아간 북한,
어머니는 없었다

[마지막 수업 23 – 마지막 편] 43년 만에 북쪽 가족들과 재회

동석한 안내원과 함께 벤츠에서 내리니 휘황찬란하고 웅장한 모습의 호텔이 눈앞에 들어왔다. 2~3시간 만에 생판 다른 세상을 접하고 보니 정신이 없어서 호텔 이름은 기억나지 않지만, 외부나 내부 모두 고급스러워 보였다. 식당으로 안내되어 잠시 앉아 있노라니 50세쯤 되어 보이는 중후한 외모의 남성이 나타나 나를 반갑게 맞았다. 정부의 접대위원회 부위원장이라고 자신을 소개한 그 남성은 한식과 양식이 모두 준비되어 있으니 입맛에 맞게 무엇이든 주문하라고 친절하게 일러 주었다.

식사를 하는 중에도 나는 가족들의 근황부터 듣고 싶어 그 남성의 눈치를 살피고 있었는데, 식사가 거의 끝날 무렵 내 의중을 알고 있다

▲ "내 아들 도원이는 틀림없이 살아 있어!"라고 입버릇처럼 말씀하셨다는 어머니는 내가 평양에 발을 디디기 6개월 전에 돌아가셨고, 아버지는 돌아가신 지 오래되었다는 소식을 들었다. 사진은 1990년 10월 북한을 방문했을 당시 가족들로부터 받은 어머님 회갑 사진

는 듯 그가 입을 열었다.

"안타깝게도 부모님 두 분은 돌아가시고 형제들은 모두 잘 살고 있습니다."

"어머님도 돌아가셨단 말입니까?"

"예, 6개월 전에 돌아가셨다는 통보를 받았습니다."

머뭇거리며 그가 던진 말에 피가 아래로 쏴악 쏟아지는 듯했고 온몸의 힘이 빠져버렸다. 당시의 절망감을 무슨 말로 표현할 것인가. 미국에 남겨진 가족들과 생이별을 할 각오로 평양을 방문했고, 어머님에게만은 내 얼굴을 꼭 보여주고 싶어 내달려온 길이었다. 캐나다 한인신문에 나를 찾는다는 광고가 1년 전에 났으니 좀 더 빨리 소식이 닿았다면, 아니 그보다 내가 먼저 연락을 했더라면 어머님을 뵈올 수 있었을 것이다.

43년 만에 찾은 북한, 어머님은 없었다

뭐라 말할 수 없는 아쉬움과 후회가 밀려왔다. 갑자기 피로가 몰려오고 모든 게 귀찮게 여겨지면서 당장에라도 북경으로 돌아가고 싶은 생각이 들었다. 멍한 표정으로 긴 한숨을 내쉬고 있는 내 모습에 당황스러운 표정을 짓던 그 남성은 "곧 동생이 이곳에 오게 되어 있습니다"라는 말만 되풀이하며 나를 위로하려 애썼다.

그때 식당 문을 열고 한 남성이 빠른 걸음으로 내 쪽으로 오는 것이 보였다. 나는 반사적으로 움찔하며 아버지를 본 듯한 착각에 빠져들었다. 그는 아버지를 그대로 빼다 박은 모습이었다. 어느새 가까이 다가온 그가 속사포처럼 말을 걸어왔다.

"형님, 저 도준이 입니다. 알아보시겠습니까?"

"그럼 그럼, 알아보고말고!"

나보다 열 네 살 아래인 막냇 동생을 나는 금방 알아보았다. 내가 16세 되던 1947년 8월 14일 초저녁에 홀로 남행길에 나섰을 때 막내는 물론이고 다른 동생들과도 작별인사를 하지 못했었다. 내가 떠난 다음 날 큰형이 집에서 사라진 사실을 알고 그는 가슴이 철렁했을 것이고 이제나저제나 큰형이 오기만을 기다렸을 것이었다. 막내는 유명 공대를 나와 평양의 정부기관 연구소 소장으로 근무한다고 했다.

나를 찾는 광고지에 적힌 가족사항을 보고 어느 정도 알고는 있었지만, 나머지 동생들도 모두가 훌륭하게 성장하여 잘 살고 있다는 소식도 듣게 되었다. 내 밑으로 두 명의 남동생과 네 명의 여동생이 있었는데, 바로 밑의 남동생과 넷째 여동생은 둘다 김일성대학을 졸업하여 의사가 되어 있었고, 둘째 여동생은 간호사가 되어 있었다. 첫째 여동생과 막내 여동생은 회천에서 가정을 꾸리고 잘 살고 있다고 했다. 이제는 어서 빨리 동생가족들을 만나고 싶어졌다.

하지만 당장 가족들이 있는 곳으로 달려갈 수는 없었다. 안내원은 열흘 남짓한 나의 방문 일정을 차질없이 진행하려면 여기저기 흩어져 있는 동생들과도 일정을 맞추고 조정해야 한다고 했다. 초청장을 긴급 발급해서 가족을 만나게 해준 당국의 입장도 고려하지 않을 수 없겠다는 생각이 들어 미리 짜인 관광일정에 따르기로 했다.

다음날 오전 김일성 주석 생가와 묘지 등을 방문하고 오후에는 북한의 자랑거리 중 하나라는 평양산부인과 병원을 방문하게 되었다. 내가 산아제한과 피임약 전문가로 널리 알려진 사실을 고려한 자연스러운 일정이기도 했지만, 나 자신도 북한의 의료시설을 보고 싶은 호기심도 있어서 유심히 시설들을 살펴보았다. 병원 시설은 외부 건물이나 내부 시설 등에서 예상보다 훌륭했다. 독일 등 유럽에서 들여온 최신시설 등은 미국에서도 보지 못한 것들이어서 내심으로 상당히 놀랐던 기억이 난다.

셋째 날은 모란봉과 을밀대를 거쳐 규모가 웅장한 도서관과 이름이 잘 기억나지 않는 박물관을 방문했다. 생각보다 다양한 국내외 서적들이 소장된 도서관과 이런저런 유물들이 잘 정비·전시된 박물관에서 오랜만에 우리 조상들의 숨결을 느낄 수 있었다.

전란 후 혼란이 계속되던 1955년 남한을 떠나온 이후 내가 나고 자란 땅의 역사유물들을 시간을 갖고 찬찬히 보게 된 것은 처음이었다. 더구나 어렸을적 북한 저 꼭대기 소도시에서 살며 막연하게나마 동경하며 구경하고 싶었던 곳들을 구경하게 되니 감회가 새로웠다.

나흘째 되던 날, 드디어 나는 신의주에서 산다는 둘째 여동생을 만나기 위해 먼 길을 나섰다. 회천과 의주에서 사는 여동생들이 신의주로 모인다고 했다. 기차 편을 이용하여 평양에서 신의주로 가는 길은 멀고도 험했다. 아침부터 온종일 구불구불 오르막 내리막길을 달렸고 여러 개의 터널을 통과했다.

차창 밖으로 수없이 흘려보내는 전봇대가 낯익고 정겨웠다. 농촌 마을의 모습들은 얼핏 옛날 내가 살던 시절과 크게 달라진 것이 없어 보였다. 곳곳에 막 추수가 끝난 논에 쌓여있는 볏단과 비탈진 산에 묶여 세워진 수숫단, 낙엽이 지고 가지만 앙상하게 드러낸 산야의 모습이 파노라마처럼 연신 창밖으로 펼쳐졌다.

"한 씨네 집 장손 이제 돌아왔네!" 동네잔치

신의주에 도착한 것은 어둑어둑한 저녁 무렵이었다. 기차에서 내리니 이번엔 볼보 승용차가 대기하고 있었다. 나중에 들으니 도지사

급 간부나 타는 차량이라고 했다. 여하튼 북한당국은 처음부터 나를 특별대우하고 있음에 틀림이 없었다. 그래서인지 사흘이 지나면서부터는 처음 가졌던 경계심이 풀리며 비로소 안심이 되었다. 더구나 가족을 만나러 가는 길이니 지레 들뜬 기분이 들며 찌뿌둥하던 몸에 활기가 돌았다.

일단 신의주의 한 호텔에 여장을 푼 즉시 둘째 여동생 집으로 향했다. 승용차를 타고 동생이 산다는 집 앞 골목길에 들어서니 저만치 대문을 활짝 열어둔 집에서 일단의 여자들이 울타리 밖으로 우르르 달려 나왔다. 동생들임에 틀림이 없었다. 모두가 옷을 잘 차려 입고 있었다.

"도원이 오빠! 내래 첫째 도자라요!"

"제가 둘째 정자라요! 오빠 찾는 신문 광고지 앞줄에 쓴 글 보셨지요? 내래 작성한 거라요."

"저는 세째 증자라요!

"저는 막내 금자라요!"

"그래그래, 잘들 있었지? 미안하다, 미안하다. 오빠가 너무 늦게 돌아왔지?"

마당에 들어서자 음식 냄새가 코를 찔렀다. 마루에서부터 안방까지 이어진 상에 음식이 차려져 있었고, 여동생 가족들을 비롯한 친척들이 주욱 둘러서서 나를 기다렸다. 맏이가 한 사람씩 소개했으나 건

▲ 평북 곽산에서 의사 일을 하고 있던 바로 손아래 동생 도연이 집 뒷마당에서. 도연이와 여동생들과 함께 찍은 사진.

성건성 악수를 하거나 손을 잡는 둥 마는 둥 어색하게 인사를 나눌 수밖에 없었다. 나에게 그렇게 많은 친척들이 있었다는 것에 새삼 놀란 데다 친척들과 한꺼번에 인사를 나눈 경험이 단 한번도 없었던 터여서 자연스러운 표정과 행동이 나올 수 없었다.

동생 가족들과 친척들이 밥상에 빙 둘러앉은 가운데 숟가락을 들자니 불현듯 한 장면이 스치고 지나갔다. 1947년 8월 14일 저녁, 나는 집 마루에 걸터앉아 어머니가 차려준 마지막 저녁을 먹었다. 허리춤에 돈 전대를 둘러차고 등짝에는 배낭을 둘러맨 채 후더덕 후더덕 저녁을 먹던 나에게 어머니는 "애야, 천천히 먹거라" "이것도 좀 먹거

▲ 평북 곽산에 사는 도연이 동생 집을 방문했을 당시 동생 부부와 함께 찍은 사진. 바로 아래 동생인 도연이는 김일성 종합대학을 졸업하고 농촌 지역에서 의사로 일하고 있었다.

라, 저것도 좀 먹거라" 그러셨다. 온통 남쪽으로 출발할 트럭에만 정신이 팔려 있던 나는 "아 참, 일없시요!"라고 말하며 저녁을 먹는 둥 마는 둥 후창강가로 내달렸다. 밥술을 뜨는 순간 어머니의 모습이 떠올라 목이 잠겨 왔다.

여동생들의 말을 들으니 아버지가 십수 년 전 세상을 떠난 이후로 어머니는 곽산에서 의사일을 하고 있는 바로 손아래 동생 도연이 집에서 주욱 살았다고 한다. 성격이 무던하고 착한 성품의 도연이는 나 대신 장남, 장손 노릇을 하며 집안 대소사를 처리하며 부모님을 모셨고 부모님 산소도 도맡아 관리하고 있었다.

도연이는 김일성대학을 졸업하고 평양의 큰 병원에서 일할 기회를 마다하고 농민들과 노동자들을 위한 의사로 일하겠다며 곽산 인근의 작은 병원에 정착했다고 한다.

어머니 묘역에 바로 설 수 없었다

나는 다음 날 아침 일찍 신의주에서 도연이가 산다는 평북 곽산으로 향했다. 이번에도 정부에서 내준 볼보 차를 타고 가기로 했다. 다행히 함께 밤을 지샌 여동생들이 동행해 주어 덜 지루했으나 비포장도로가 많아 먼지를 뒤집어쓰다시피 한 채 달려야 했다. 우리는 하루 종일 달리고도 저녁 늦게서야 도연이 동생 집에 도착했다.

그런데, 동생이 산다는 동네의 어귀에 이르니 갑자기 불빛이 환하게 비치고 사람들이 웅성거리는 소리가 들렸다. 맙소사! 온 동네 사람들이 길 어귀에서부터 동생의 집까지 군데군데 무리를 지어 우리를 기다리고 있었다. 차가 멈춰 서고 차에서 내리자 잠시 정신줄을 놓칠 정도로 동네 사람들이 우르르 몰려들었다. 대문을 향해 가자 팔짱을 끼고 섰던 동네 사람들이 한마디씩 했다.

"아이고, 한 씨네 집 장손이 이제서야 돌아왔네!"

"미국에서 크게 성공했다는구만!"

"쯧쯧 조금만 일찍 왔더라면 얼마나 좋았을까!"

건강한 구릿빛 모습으로 우리 일행을 맞은 도연이는 "형님, 왜 이제서야 오셨습네까?"라며 마치 어제 헤어진 것처럼 의연하고 담담하게 대했다. 어느덧 흰머리가 희끗희끗 보였으나 큰아들을 내 앞에 소개하며 "장손 노릇 할 놈을 만드느라 고생 좀 했시요!" 그러며 농담까지 했다. 식사를 하는 중간중간 도연이가 살아온 이력을 듣다 보니 어머님도 행복하게 생을 마치셨을 것이란 생각이 들었다. 나 대신 장남 노릇을 하며 부모님을 끝까지 모신 도연이와 그의 처에게 거듭 감사하는 마음을 표했다.

그날 밤, 나는 동생 가족들을 포함한 친척들과 밤 늦도록 통음을 했다. 누이동생들이 준비해온 개성 인삼주와 내가 사 들고 온 위스키를 다 비울 정도로 많이 마셨으나 왠지 크게 취하지 않았다. 모두 각 방에 들어가 잠자리에 들거나 떠났다. 나도 잠자리에 들었으나 잠이 오지 않았다. 잠시 대문 밖에 나오니 찬 바람에 초승달이 동편 하늘 저편에 삐쭉이 떠 있었다. 증자 동생이 나를 따라 나와서는 달을 보고 멍하니 서 있던 내게 걱정스런 투로 말했다.

"오빠, 괜찮갔시요?"

"뭐가?"

"그렇게 찾던 오마니도 못 보구서리……."

"그만 하거라. 이제와서 어쩌겠나"

"노동신문에 오빠 이름이 나오고서부터 오마니는 하루 한날도 오빠를 찾지 않은 날이 없써시요."

"…"

다음날, 나는 동생이 사는 동네 인근 야산에 자리 잡고 있던 부모

▲ 부모님 묘역을 방문했을 당시 아버님 묘지 앞에서 동생 가족들과 찍은 사진

님 묘소를 방문했다. 묘소는 양지바른 곳에 깨끗하게 잘 정리되어 있었고 비석까지 세워져 있었다. 나는 미리 준비해간 위스키를 묘지 둘레에 뿌리고 아버님께 먼저 절을 올렸다. 무려 43년 만의 귀향 인사였다.

그런데, 어머님 묘 앞에선 묘비를 바로 보고 설 자신이 없었다. 처음 평양의 호텔에서 북한 접대위원회 부위원장이라는 남성으로부터 '어머니가 돌아가셨다'는 소식을 들었을 때 그냥 낙심만 한 게 아니었다. '맥이 풀려 버렸다'는 경험을 그때처럼 절감한 적이 없었다. 어머님에 대한 크나 큰 그리움은 일순간 삭아서 재가 되어버린 느낌이었다. 이후로 나는 가슴이 뻥 뚫린 기분으로 여기저기 관광을 해야 했고 동생 집을 방문하고 음식을 삼키고 술을 마셨다.

겨우 어머님 묘비 앞에 서자 의외로 담담한 마음이 생겨났다. 하지만 어머님의 묘지를 정면으로 응시할 용기가 나지 않았다. 공허감과 죄책이 뒤섞인 그때의 감정을 무슨 말로 표현할 것인가.

내년 여름이면 수업을 끝내고 돌아올 것이라 믿고 장남을 떠나 보내셨던 어머니는 '묘소'라는 흔적만 남긴 채 젊은 날 머리 빗긴 당신의 모습처럼 아버지 곁에 단정하게 자리 잡고 계셨다. 나는 눈을 내리깔고 어머님께 나직하게 귀향인사를 드렸다.

"어머님, 죄송합니다. 너무 늦게 공부를 끝내고 돌아왔습니다. 하지만 술 마시지 말고 담배도 피우지 말고 공부만 열심히 하라시던 어머님과의 약속을 지켰습니다. 저는 어머님이 살라고 하신 삶을 가득, 꽉 차게 살아 냈습니다."

나흘 후 북경행 비행기에 올랐다. 기수를 돌린 비행기가 상공에 높이 떠올라 저 아래로 북녘땅이 아득히 멀어지자 나도 모르게 주체할 수 없을 만큼 눈물이 쏟아졌다. 43년 동안 단 한 번 울고 그쳤던 눈물이었다.